短編小説集

重《じゅう》助《すけ》菩《ぼ》薩《さつ》

筧次郎 著

地《ち》湧《ゆう》社

短編小説集

重助菩薩《じゅうすけぼさつ》

目次

短編小説集

重《じゅう》助《すけ》菩《ぼ》薩《さつ》

一

目が覚めるとキイキイと小さな悲鳴のような声がしていた。

「とっつかまった」

よねは布団のなかでニヤリとした。一週間ほど前から、土間《どま》に置いた人参《にんじん》や茄子《なす》をかじられ、風呂場の石鹸《せっけん》まで曳《ひ》かれてしまった。納屋《なや》からねずみ捕りをひっぱりだして仕掛けたが、さっぱりかからず、被害だけがつづいていた。

土間の片隅を覗《のぞ》いてみると、案の定どぶねずみが、狭い金籠《かねかご》のなかを右往左往していた。キイキイキイとひっきりなしに鳴いている。よねは籠には手を触れず、いつものように枯松葉《かれまつば》にマッチの火を伝えて、竈《かまど》の火を熾《お》こした。

ほどなく夫の久蔵が起きてきたが、ねずみの声を気にとめるふうもなく、

「田まわりさ、行ってくっと」

とひと声かけて出ていった。

つづいて次男の稔《みのる》が、眠そうな目をこすりこすり起きてきた。小学五年生の稔は上の二人より早起きで、竈の前に母と並んで坐って、早朝のひととき忙しい母を独占するのだった。

「稔、ねずみの始末してこ。ミーコに籠ごとつけてな、ちゃんと死んだのさ確かめてから捨ててくんだぞ」

よねはねずみ捕りを持ってきて、稔の顔の先に突きだした。驚いたねずみが後足《あとあし》で立ちあがって金網《かなあみ》をひっかいた。

「でっけえねずみだな」

おそるおそる籠を受けとった稔は、下駄《げた》をつっかけて出ていった。が、それから間もなく、バタバタと下駄の音がしたかと思うと、

「母ちゃん、重《じゅう》やんが持ってっちゃったよお。逃がしちゃうよお」

と、べそをかいて駆け戻ってきた。よねはさっと険しい顔になって、火吹《ひふ》き竹《だけ》をつかんで土間を跳びだした。

「稔、どっちさ行った」

「川の方さ行った」

「竈の火、見てろ」

牛舎《ぎゅうしゃ》の前を通り、二本の石柱《せきちゅう》がたつ門を出ると、右はすぐ行きどまりで、裏山の稜《りょう》までつづく細い山道につながっている。左に行けば、村落をつらぬく県道に出て、それを横切ると清瀬川の堤《つつみ》に至った。

小高い堤防の上にいっきに駆けあがって、あたりを見まわすと、堤防の内側に生《お》い茂《しげ》った笹藪の前に、重助がかがんでいた。ちょうど金籠の口を開《あ》けて、ねずみを逃がすところだった。

「こらあ、重助」

とどなって、よねは小石を拾って投げつけた。大黒《だいこく》さまのような顔が振りむいた。

「おめえは何てことすんだ。穀《ごく》つぶしのくせして。せっかく捕ったねずみ、逃がしちまってどうする。ねずみは、おらたちが丹精してつくったものを食っちまう敵《かたき》だぞ」

よねは重助の胸ぐらをつかみ、火吹き竹で坊主頭をポカリと殴った。重助は両手をだらりとさげたまま、悲しそうな眼差しをよねに向けた。その目に出合うと、よねはますますいきりたった。

「いくらつんぼの能無しだって、こんなことぐれえわかりそうなもんだ。村の衆に『重やんは優しい』なんておだてられて、いい気になりおって。優しいだけで百姓が生きていけっか。おら、おめえのその心根が憎い」

火吹き竹がまた重助の頭に振りおろされた。耳が聞こえない重助には、よねの言葉は届かなかった。目尻をつりあげたよねの顔がただ恐ろしく、両手で頭を抱えてひざまづいた。よねはそれからしばらく悪態をついていたが、

「きょうはおめえの飯はねえぞ」

と言いすてて、空《から》になったねずみ捕りを拾って戻っていった。

よねの言葉は届かなかったが、よねがそんなふうに怒った日に、食事を給《きゅう》されないことは重助にもわかっていた。重助は牛舎のそばの自分の小屋に戻り、草刈鎌《くさかりがま》を持って、母屋《おもや》には顔を出さずに畑に向かった。

それは奇妙な畑だった。畝《うね》が立てられていない。作物が規則的に作られているわけでもない。遠見には一面に草が茂っているように見える。だが近づいて見ると、あちらこちらに玉蜀黍《とうもろこし》があり、里芋《さといも》があり、茄子もある。三尺ほどに伸びあがった藜《あかざ》の幹に瓜《うり》の蔓《つる》がからんでいる。篠棒《しのぼう》に無造作《むぞうさ》に結ばれているのはトマトで、紅くなりかけた実をたわわにつけている。そうした野菜の類《たぐい》だけでなく、百日草やダリアや立葵《たちあおい》の花も咲い

ている。それらが雑草にまじって無秩序に生《は》えているのだった。

重助は真桑瓜《まくわうり》をひとつもぎとり、持ってきた草刈鎌で器用に皮をむいて頬《ほお》ばった。露っぽい草の上に坐って、甘い汁をしたたらせながら瓜を食べていると、皮を見つけて蟻が寄ってきた。三匹、五匹、十匹とまたたく間に群がる。どこからか蝿や蜜蜂も飛んできて、重助にまとわりついた。虫が好きな重助はいつしかよねに叱られたことを忘れて、それらの小動物の姿に見入っていた。

なだらかな斜面を開墾《かいこん》した五畝歩《せぶ》ほどのその畑は、重助が十六歳になったときに父親が与えたもので、以来二十一年間重助が一人で耕作している。

はじめ重助は見よう見まねで鍬《くわ》をふるい、与えられた種を蒔《ま》き、雑草をとった。父親に教えられて堆肥《たいひ》も積んだ。しかしそうした仕事は性《しょう》に合わないとみえ、すぐに飽きてしゃがみこんでしまう。そうして、蟻が自分の体より大きな虫の屍骸《しがい》を抱きかかえ、あとじさりして運ぶさまや、青虫が白菜の葉を食い破っていくさまを、何時間もじっと見ているのだった。

「重やんは頭が足んねえから」

「つんぼに任せても無理だっぺよ」

「草の種が飛んできて困んだよ。んでも、相手が重やんじゃなあ」

村人たちはそんな陰口をきいたが、両親は重助の勝手にさせていた。

重助流とでも言うべきやり方がはじまったのは、七、八年後のことだった。たとえば薹《とう》の立った大根から種が自然にこぼれると、やがて周辺の草のあいだから芽を出してくる。すると重助はところどころ元気のよい芽を残して、その周囲一尺ばかりの草をとってやる。それだけが彼の作業だった。茄子でもトマトでも同じで、熟した実が落ちてはやがて芽を出してくる。多くは枯死《こし》してしまうが、時期にかなえばそれがまたたくましく成長して実りをむかえた。

重助は日がな一日畑のなかを歩きまわり、草や虫を相手に遊んだ。そうして五畝歩《せぶ》の畑のすみずみまで、どんな植物が生えているかを知りつくしていた。名前こそ知らないが、芽の形を見れば、それがどんな草になり、どんな花や実をつけるかを、重助はよく知っていた。そのうえ、芽の形のわずかの違いで、立派に育つものとそうでないものとを判別できるようになった。

「じいちゃんもばあちゃんも、重やんに甘すぎたんだわ。小さいときから厳しくしつければ、つんぼだって一人前の百姓になれたのによ。そうすりゃ、おらたちも肩身のせまい思いをせんでよかったんだ。たあだ甘やかしたから能無しになってしまった」

田まわりから戻ってきて、卓袱台《ちゃぶだい》の前に坐った久蔵が、

「重やんはどうしたんだ？」

と訊《き》くのを待ちかねたように、よねは早口で今朝の出来事を告げ、そう言って愚痴った。

「ただの能無しならまだかわいげもあんべが、これ見よがしにねずみなんぞ助けおって、おれらを『薄情者』と言いてえのさ。まったく、だれのおかげでおまんま食っていられると思うんだっぺ」

今朝は上の田が二か所も漏水《ろうすい》していて、穴を見つけて止めるのに時間がかかった。畔際《くろぎわ》をもぐらが通ってひび割れ、穴が開《あ》いたのだった。この家では広い板の間に二つの卓袱台を置いて家族六人が飯を食った。上座《かみざ》の卓袱台に両親と長男の豊が坐り、下座《しもざ》の卓袱台に長女の和子と稔と重助が坐るのが習わしになっていた。久蔵の帰りが遅かったので、隣町の農業高校に通う豊の姿はなかった。

「重助は畑に行ったか」

だれに問うでもなく久蔵が言うと、

「重やんの畑にはもう真桑瓜もトマトもできてっからね、食ってると思うよ。おれ、きのう真桑瓜をもらって食ったけど、うまかったなあ。重やんのところで穫れるのは、み

んなうめえ」

と稔が応《こた》えたが、稔の言葉をさえぎるようによねが口をはさんだ。

「あんな畑は道楽だ。うめえもんができっかもしれねえが、五畝《ごせ》もあるのにたまに食うものしか穫れねえ。一家六人が生きていくためには、草も取んなくちゃなんねえ。ねずみも殺さなくちゃなんねえんだ」

久蔵は黙って飯を食っていたが、かきこむように食い終わると、

「重助のしたいようにさせてやってくれ」

ぽつりと言って席を立った。

二

「どうしてなんですべ、政義《まさよし》さん。ついこの前《めえ》までは、先方だってえらい乗り気だったでしょうが。式の日取りまで決めちまったのに、急に破談にしてくれたって、納得いきません。何が不満なんですべ」

「どうも言いにくいんじゃが……」

政義は口ごもって茶に手を伸ばした。

「岡村の親も本人も、和子のことは気に入ってるだ。気だても器量もいいって言ってな。たしかに喜んでおったんじゃ。問題は……重やんなんじゃ」

政義は言葉を切って、上目使いに探るようにみなの顔を覗いた。和子と両親の六つの眼差しが、食い入るように政義に注《そそ》がれていた。

「どうも言いにくいんじゃが、つまり、その、つんぼのいる家から嫁はもらわれんちゅう話なんじゃ」

「そんな……」

と言ってよねは言葉を詰まらせた。

「おら家《げ》に重やんがいることは、見合いの前から知ってたでねえですか。政義さんも知ってのとおりの厄介者で、豊の嫁をもらうときはたいへんだろうなと思ってますけんど、和子は嫁にやるんでねえですか。何の不都合があるって言うんですべ」

「わしもそう言ったんじゃが、聞く耳を持たんのじゃ。親族書《しんぞくがき》で見とろうが。岡村の弟に帝大までいって、郵政省の役人になっとるのが居《お》るじゃろ。久蔵さんは知らんかな。あんたと同じ年頃で、えらい秀才が出たちゅうて評判になった男じゃ。その弟が、反対しとるんじゃ。『岡村家の家系に、片輪の血を入れたらいかん』と言うとるそうじゃ」

「そんな……」

とよねは繰りかえし、何とか言わんかと久蔵を目でうながした。

「重助は赤ん坊のときに高熱を出して、それで耳が聞こえんようになったと、死んだおふくろが言っとったです」

うつむいたまま久蔵が言った。

「わしにはわからんが、こうなってては縁がなかったとあきらめるほかなかっぺ。無理して嫁にいっても、和子がきっと辛《つら》い思いをせにゃなんめえ。和子は別嬪《べっぴん》さんじゃから、縁談はこればかしじゃなかっぺよ」

よねのうしろに隠れるようにして話を聞いていた和子は、慰められると急に涙をあふれさせ、嗚咽《おえつ》をはじめた。

「岡村さんも、あんまりじゃねえですか。こんなことなら見合いなんかしなきゃよかったのに、これじゃ和子がかわいそうだ」

「わしに言われてもな。そんじゃ、わしはちょっくら、用があるんで……」

政義は逃げるように帰っていった。三人は重苦しい沈黙のなかに残された。久蔵は和子を慰めようと言葉を探したが、どう言ってもますます相手をたかぶらせ、激しく泣かせるような気がした。

村会議員の政義の口利きで、二十歳《はたち》になる長女の和子に縁談が持ちこまれたのは、二か月前のことだった。相手の岡村家は名高い旧家《きゅうか》で、村役場に勤めている長男が和子を見初《みそ》めたという。久蔵の家の親戚には、「格式が違うと苦労することになるぞ」と反対する者もいたが、久蔵もよねも願ってもない良縁だと思った。見合いをしたところ若い二人もたがいに気にいって、話はとんとん拍子に進んだ。そしてこの縁談も、ご多分にもれず、あっという間に村じゅうに知れわたることになり、

「和子ちゃん良かったねえ、玉《たま》の輿《こし》だよ」

「器量がいいと、得だねえ」

久蔵やよねは挨拶がわりにそう言われるのだった。きょうの話も明日には知れわたるに違いない。よねは破談になったことよりも、村人たちにいちいち釈明している自分の姿を想像して、憂鬱《ゆううつ》になった。

餌の玉蜀黍《とうもろこし》を刈りに出かけた久蔵と入れかわりに、重助と稔が連れだって戻ってきた。重助は野菜を入れた大籠を背負い、学校帰りの稔は、兄のおさがりの色褪《あ》せたランドセルを背負っている。

「姉ちゃん、すげえぞ。重やんの畑で、でっけえ西瓜《すいか》が穫れたぞ」

縁側に坐っている母と姉の姿を認めるなり、稔はそう言って重助の袖を引っぱった。重助は大黒さまのような顔をほころばせ、庭先に背負籠《しょいこ》をおろした。青菜を取りだし、トマトと瓜を取りだし、それらを踏み石の上に丁寧《ていねい》に並べる。そして最後に、籠の底に沈んでいた西瓜を重そうに持ちあげて、トマトのそばに置いた。三貫目《かんめ》はありそうな巨大な西瓜だった。

「すげえべえ。おら、こんな西瓜はじめて見た。このあたりの土地じゃ西瓜はうまくできねえって先生が言ってたけど、重やんの畑では何でもよくできんなあ」

稔が得意そうに言った。

「母ちゃん、すぐに冷やしてもよかっぺ？　姉ちゃん、水汲むの手伝ってくれ」

稔の言葉は上《うわ》の空で、和子はさっきから重助の姿を見ていた。言葉を持たない重助は、心に何の悩みもないのだろうか。どうやっても重助にこのたびの事を伝えることはできない。母はしばしば罵《ののし》っているが、重助は母が何故《なにゆえ》に苛立っているかわからず、降って湧いた災難のように受けとめているのだろう。それではこちらが惨《みじ》めになるだけだ、と和子は思った。しかし、さっきから反芻《はんすう》している政義の言葉が、また和子の頭を熱くする。ツンボノイル家カラ嫁ハモラワレン。ツンボノイル家カラ嫁ハモラワレン。ツンボノ……重助のいること自体が、私たちを不幸にしているのだ。それはたしかに重助の責任ではない。赤ん坊のときの熱病のせいにせよ、生まれつきにせよ、重助自身にはどうしようもなかったのだから。それはわかっているが、この呑気《のんき》さはどうだ。大黒さまのようなにこやかな顔しか私には記憶がない。そうしていられるのも、まわりの保護があればこそなのに。和子はふと重助に嫉妬を覚えた。そして意地悪をしたくなった。

「こんなもの、おらいらねえ」

和子はくるっと背を向けて、奥の部屋に走っていった。重助も稔も呆気《あっけ》にとられてきょとんとしている。するとたちまちよねの顔色が変わった。庭におりて西瓜を持ちあげ、

「なんだい、こんなもの」

と言うなり、地面に叩きつけた。西瓜が潰れて、紅い破片が一面に飛びちった。

「おめえのせいだ。おめえのせいで、この家は苦労ばかしだ。こん畜生。こん畜生」

よねは重助の胸に殴りかかった。

重助にはわけがわからなかった。そして無性《むしょう》に悲しかった。よねの怒った顔には何度も出合っている。よねの罵言《ばげん》は届かないが、重助にも自分の行為を責めているらしいことはわかった。それが自分のどの行為なのかも察しがついた。しかしこのたびは、何を責められているのか皆目《かいもく》わからなかった。

重助は潰れた西瓜の前にひざまづき、かけらを拾いあげて泣きだした。

「こん畜生、おめえはほんとに疫病神《やくびょうがみ》だ。おめえなんか、どっかに消えちまえばいいんだ」

よねはいっそう興奮して、トマトをつかんでつぎつぎに放りなげた。重助は「ウー、ウー」と低くうめきながら、うつむいて泣いていたが、やがて顔をあげると、恐ろしい形相《ぎょうそう》でよねに近寄ってきた。

「何だい。おめえ、さからうのか」

と言ったものの、よねは戦慄《せんりつ》を覚えた。

「だれか……」

と叫ぶのと、重助が割れた西瓜をつかんだまま、よねを殴り倒すのと同時だった。

「重やん、やめろ！」

稔が重助にすがりついてあいだに入ろうとしたが、振りほどかれて転がった。身の危険を感じたよねは、裸足《はだし》のまま一目散に逃げだした。重助は傷を負った獣のように、その後を追った。稔は父を呼びに走った。

稔の知らせで駆け戻った久蔵は、途《みち》のなかばで二人に出会った。よねは水田の際《きわ》に追いつめられていた。青田を斜めに渡って逃げたのだろう。稲が帯状に踏み倒され、反対側の畦《あぜ》のそばで、泥に足をとられて尻もちをついたよねが、重助に必死に土塊《つちくれ》を投げつけていた。

「重助、待て、待ってくれ」

自分もザブザブと水田を横切った久蔵は、二人のあいだに割って入って重助と対峙《たいじ》した。

久蔵の頰《ほお》を涙が伝っていた。重助は手を振りあげたが、その涙に気づいて、金縛りにあったように動かなくなった。手をあげたまま重助は全身をがたがたと震わせた。

「堪忍してくれ。重助、どうか堪忍してくれ」

と久蔵は泥のなかに土下座して、手を合わせて拝んだ。そして、

「この大馬鹿野郎！」

久蔵はかたわらのよねの頰を平手で打った。

「おまえも手え合わせて謝るんじゃ。重助はおら家《げ》の仏さまじゃ。仏さま怒らせてなんとする！」

思いがけない久蔵の剣幕におされて、よねは思わず土下座して、手を合わせていた。

重助が崩れるようにひざまづき、ふたたび「ウー、ウー」と声をあげて泣きだした。

三

盆が過ぎて、稲穂がいっせいに首を出したころ、激しい雨台風が村を襲った。前日から降りはじめた雨はしだいに強くなり、その日も滝のような豪雨が一日中降りつづいていた。裸電球の下で、久蔵の一家は漬物と味噌汁だけの簡素な夕食をとっていた。風はさほど強くなかったが、それでも閉じた雨戸が不気味な音をたてていた。

「谷津田《やつだ》の土手は大丈夫だっぺか？」

「水は落としたけども、この降りじゃ畦道《あぜみち》は川のようだっぺな。それより、おら清瀬川のほうが心配《しんぺえ》だ」

数年前に堤防が完成してから、清瀬川が氾濫したことはなかったが、それだけに上流からくる水量は増え、もし堤防が決壊したら、経験したこともないような大被害になる怖れがあった。

「清瀬川があふれたら、おら家《げ》の方までくっぺか？」

豊が真剣な目を久蔵へ向けた。

「油断はなんねえな。安心なのは法林寺ぐれえだっぺ」

久蔵は、清瀬川の堤防の標高が県道より高く、水が堤防を越えれば、村じゅうが水に浸《つ》かるはずだと説明した。

かたわらの重助にもいつもの笑顔はなく、しきりに体を揺すって、落ち着かない様子だった。彼は朝からいくたびも牛舎を覗いた。そして牛が怯《おび》えている気配を察して、首を撫でてまわったりした。

十時ごろ激しく戸を叩く音がした。よねが板戸を開けると、青年団の若者が二人佇《た》っていて、

「清瀬川の土手が危ねえんです。男衆は出てください」

と口上《こうじょう》を伝えて走りさった。久蔵は急いでゴム合羽《がっぱ》を着て雨のなかに飛びだした。

十二時を回っても雨の勢いはいっこうに衰えず、久蔵も戻らなかった。よねと子どもたちはまんじりともせず、裸電球の下の卓袱台に身を寄せていた。やがて、肩で息をしながら久蔵が戻ってきて、合羽《かっぱ》姿のまま、

「水が土手を越えてんだ。全員法林寺に避難しろっていうお達しだ」

と言った。

「ここも危ねえのか？」

「すごい水だ。もう県道も水被《かぶ》ってんだ」

久蔵は流しのそばに置かれた瓶《かめ》の水を、うまそうに喉を鳴らして飲んだ。

「おら、またすぐ行かなきゃなんねえ。土手に弱いところがあんでな。水が染《し》み出てるんだ。みんなして土嚢《どのう》を積んどるが、穴が開《あ》いたら鉄砲水が襲ってくっペ」

久蔵が出ていくとき、後を追ってよねは門口《かどぐち》まで走った。暗闇のなかに、鈍色《にびいろ》に光る水面《すいめん》がまじかに広がっていた。よねは家に駆け戻ってどなった。

「和子、稔を連れてすぐに法林寺さ逃げろ。豊は母ちゃんと牛連れに行ってくんろ」

よねは箪笥《たんす》の引出しをつぎつぎにはずし、ハレの衣類をすばやく大風呂敷《おおぶろしき》に包んで、和子に背負わせた。稔のランドセルには、稔と豊の教科書を詰めこんだ。

「母ちゃん、重やんがいねえよ」

「自分の小屋さでも行ったんだっぺ。かまわねえから早く逃げろ。もう水が門まできてるんだぞ。姉ちゃんと手えつないで、流れに足とられねえように行くんだぞ」

ランドセルの上から合羽を着せながら、よねが言った。

和子たちを送りだすと、よねと豊は身支度をして牛舎に走った。暗いはずの牛舎に電灯が点《つ》いている。「重やんだ」と二人は同時に思った。

牛舎はもう膝まで水浸《びた》しで、五頭の牛が絞りだすような声でしきりに啼《な》いていた。じわじわと増していく水かさに我慢できなくなって、重助が牛の手綱《たづな》を解《と》いて放とうとしているところだった。

「何するだ！」

とよねがどなった。

「逃がしちゃ駄目だ。足とられて流されちまうぞ。手綱持って一頭ずつ連れていくんだ」

よねはとっさに子牛を孕《はら》んだ一頭と若い二頭を選んで、二本の手綱を豊と重助に握らせた。

夜《よ》が白《しら》みはじめていた。水の溜まった道はいっそう光ってきたので、歩むべき道を誤る心配はなかった。しかし、ときどき背後の清瀬川のほうから水流が押しよせ、そのたびに、足元がすくわれて転びそうになる。そのうえ廃材のようなものが浮いていて行方《ゆくえ》をさえぎり、ひどく難儀だった。雨は小降りになってきたものの、野良着姿の重助は肌着までびしょ濡れだった。

距離にすれば百メートルほどだが、二、三十分もかかったような気がする。ようやく水際《みずぎわ》に達すると、牛は山のほうへ勢いよく走りだした。

「ここまで来れりゃ、大丈夫だっぺ」

よねは杉林に牛を連れこみ、手綱を幹につないで言った。

「おら、あとの牛連れてくっから、豊、おめえはここで番してくんろ。ここなら心配ねえべが、水がきたらもっと上さあげてくんろ」

「母ちゃん、もう危ねえよ」

「牛はおら家《げ》の財産だ。この大水で今年の米は穫れねえぞ。そのうえ牛を二頭も減らしてみろ。どうしようもねえべ」

牛は高価で一頭が八万円もした。一頭が出す乳は、経費を差しひくと月に四千円ほどの収入を産んだが、元を取るまでに二年はかかった。酪農家はたいてい組合からの借金で牛を仕入れた。久蔵の家でも、導入した二頭分の借金がまだ残っていて、牛を減らすことは死活の問題だった。

「そんでも、水はどんどん増えてっぞ。戻れねえかも知んねえぞ」

と豊が言った。よねは振りむいて、家の方角に目を凝らした。すると重助の黒い影が、ひと足先に水のなかに入っていくのが見えた。

「重やんも行くわ。二人で行けば全部助けられるべ」

「そんだら、おれが行く」

豊はそう言うと、よねが止めるのを振りきって、まっしぐらに駆けだした。

豊が牛舎に着いたとき、水かさはもう牛の脚を隠すほどで、残された二頭の牛が、断末魔の悲鳴のような声をあげていた。重助はすでに一頭の手綱を解いて、入口に引きだそうとしていた。

「間に合った。こんで一頭も欠けずにすむね」

豊は笑顔になって、すれちがいざまに重助に語りかけた。重助も嬉しそうに笑顔を返した。

豊が最後の牛の手綱を解いた。が、怯《おび》えた牛は動こうとしない。牛の扱いに不慣れな豊が、力任せに手綱を引っぱると、こんどはとつぜん暴れだした。牛は巨体を揺すって、四本の脚で激しく足踏みした。豊は水のなかに跳ねとばされてしまった。

重助は牛舎の入口から引き返し、自分が持っていた手綱を豊に手渡して、先に行けと指さした。そして牛をなだめにかかったが、手綱を持つことも難しかった。怯えた牛はいつもと勝手が違っていた。

「重やん、早く来い！」

豊は門を出るときに振り返ってどなった。そのときだった。

ゴーッという音が近づき、空に満ちて、濁流が津波のように押し寄せてきた。村人たちが積みあげた土嚢を突破して、清瀬川の堤防がついに決壊してしまったのだ。豊は牛もろとも濁流に足をすくわれ、押し流された。手綱を放して無我夢中でもがくと、何かに激しくぶつかって息が詰まった。痛みが背中を走った。

そのあとのことを豊はよく憶えていない。「重やん、重やん」と心の中で繰りかえしていたことや、流れてくる材木を避けようとしたこと、もう一度何かに激しくぶつかって気を失ったこと……切れ切れの記憶が甦《よみがえ》るが、よく憶えていない。気を失ったのも、あれはどのくらいの時間だったのか、数秒だったのか数分だったのか。

切れ切れの記憶の中に忘れられないことがある。豊は牛舎にいる重助の姿を思いだすのだ。もちろんそれが現実に「目に見えた」とは思わないが、暴流《ぼうる》に押し流されながら「考えた」のか、気を失ったときに「夢を見た」のか定かでない。だが、豊は水没した牛舎の中の、重助と牛がいる光景を思いだすのだった。

水の中で、重助が牛の大きな首を抱いていた。大黒さまのような顔が微笑《ほほえ》んで、「おっかねえことは何もねえぞ。こわがんねえでもいいぞ」と言っているようだった。牛は重助の太い腕の中で、穏《おだ》やかな眸《め》をしてじっとしていた。

はっきり正気に戻ったとき、豊は山際の岸に打ちあげられていた。運よく水の行方《ゆくえ》に杉林があった。彼は杉木立に突き当たり、その木にしがみついて立ちあがった。

「重やん！　重やん！」

と豊は叫んだ。夜はすっかり明けて、豊のいる場所から、清瀬川の対岸まで見わたすことができた。一面が大きな湖のようで、牛舎は屋根だけが見えていた。その後方で、根こそぎ削りとられた樹木と傾いた家屋が流されていった。

四

牛舎のそばの真新しい石の地蔵の前に、久蔵の家族は勢揃いしていた。平成四年の夏、重助の三十三回忌に合わせて、豊たち兄弟三人が金を出しあってお地蔵さまを建て、開《かい》眼《げん》供《く》養《よう》の経《きょう》を読んでもらうことになっていた。

法事の話がもちあがったとき、よねは、

「三十三回忌なんて、親のもんでもめったにやんねえのに、やんなくていい」

と文句を言ったが、

「子どもらも夏休みだしな。おれ家《げ》はちょうどサイロ積《づ》みにかかって忙しいが、一日ぐれえみんなして集まるのもいいべよ、ばあちゃん」

と豊が準備をすすめると、それ以上反対もしなかった。よねも孫たちに囲まれるのは嬉しかった。久蔵夫婦には孫が七人おり、一番上の和子の長女は一昨年嫁《とつ》いで、曾孫《ひまご》も産まれていた。

午前中から炎をまとったような太陽が照りつけている暑い日だった。親族十六人はみな喪服や外出着を着て、赤い前垂れをつけた石像の前に佇《た》って、法林寺の住職の読経《どきょう》を聞いた。若い住職は、歩いても十分ほどなのに自家用車でやってきて、

「きょうはまったく暑い日ですね。こんな日は坊さんの恰好《かっこう》も楽じゃないです。あはは」

と屈託のない顔で言いながら袈裟《けさえ》衣に着替え、短い経を誦《ず》した。そして、

「重助さんのことは、先代から聞いていました。耳がご不自由だったが、とても優しい方だったそうですね」

などと愛想を言い、出された酒肴《しゅこう》にちょっと箸をつけて、そそくさと帰っていった。

重助を偲《しの》ぶには、他人がいないほうがよい。豊はそう思って引きとめなかった。

「重やんはおれの身代わりになって死んだようなもんだかんな。ずうっと気になっていたんだ。みんなにも世話になったが、お地蔵さま建てて、肩の荷をひとつおろしたような気持ちだ」

稔のコップにビールを注《つ》ぎながら、豊が言った。稔はいっきに飲みほして口の泡を拭《ぬぐ》い、

「兄貴がそんなふうに思うことはねえよ。兄貴には悪いが、重やんは兄貴を助けるために代わったんじゃねえよ。重やんは、ただ牛を助けたかったんだべ。おれらはわが身の

ために牛を大事にすっけど、重やんにとっちゃ、人間も牛も同じだったべと思うよ」

そう言ってビールを注ぎ返した。

「そうかも知んねえが……」

豊は三十三年前の大水の夜を思いだし、遠くを見るような眼つきになった。

「稔と重やんは一番仲がよかったなあ。おめえの畑のまわりには、いつも花が植えてあっぺ。あれ見ると、おれは重やんの畑を思いだすんだ。おめえが農薬使わねえでやってんのも、重やんの影響があっぺよな」

「あら、豊だって、豊の牛の飼い方見てると、重やんの影響受けてるわよ」

と和子が口をはさんだ。豊は酪農を引きつぎ、規模拡大を余儀なくされて三十五頭の乳牛を飼っていた。餌の自給は不可能になったが、近くの酪農家が狭い牛舎につなぎっぱなしで飼っているのに比べると、まだ昔風の飼い方を守っていた。牛舎の近くに一反《いったん》歩《ぶ》ほどの運動場があって、豊と恵子の夫婦は毎朝すべての牛を大空の下に引きだした。また玉蜀黍《とうもろこし》や蕪《かぶ》など新鮮な青ものの餌も切らさなかった。

「西瓜切ったわよ。縁側で食べてちょうだい」

恵子が大きな盆に縦に切った西瓜を並べて運んできた。

「稔さんとこの西瓜よ。堆肥でつくってっから、味が濃くって、ほんとに昔の味がするのよ」

「重やんの西瓜には負けるよ。重やんがつくった西瓜はうまかったかんなあ。重やんの真似してやってみたこともあんだけど、うまくいかねえんだ」

と言った稔は、ひと呼吸して言葉をついだ。

「後にも先にも、重やんが怒ったのは、あんときだけだったなあ。ほれ、ばあちゃんが西瓜をぶん投げたときだ」

「その話は和子から聞いているが、わたし、お義父《とう》さんにお聞きしたいと思っていることがあるんです。お義父さんは重助さんのことを『おれ家《げ》の仏さま』と言ってらしたそうですが、それはどうしてなんですか？」

と和子の夫の桜井が久蔵に尋ねた。久蔵は縁側の端《はし》に坐って、背を丸めて西瓜の種を指先ではじいていたが、その手を休めて言った。

「あれはな、法林寺の先代に教えられたことなんだよ。おやじとおふくろが相次いで亡くなって、おらが跡継いだころだったな。重助のことでばあちゃんが愚痴を言うもんで、困っちまって法林寺に行ったことがあるんだよ。そんときに坊さまがな、『重やんは仏さまみてえなお人じゃなあ』と言ったんじゃ。おら、びっくりして坊さまの顔を見た。するると坊さまは真面目な顔してこう言うんじゃ。

『人はみんな他人に勝《まさ》りたいと思うて生きておる。そんだから、他人の前では無理をしていい恰好するし、陰では悪口を言ったり馬鹿にしたりする。それが諍《いさか》いの元なんじゃ。しかし、耳が聞こえん、告げ口も言えん重やんの前では、みんなが見栄や体面を捨てて裸になる。みんな不思議に真心になる。悟りを開かれた仏さまは、わしたちを真心に戻してくださるが、重やんも仏さまと同じじゃろ。久蔵さん、あんたはお荷物を背負うように思っとるかも知んねえが、あんたらは幸せ者だね。仏さまといっしょに暮らすんだからの。家もきっと栄えっぺよ』

坊さまはそんな話をしてくれたんじゃ。そんときは、ようわかんねえから、『そんなもんかな』ぐれえに思ったが、この歳になってみっと、坊さまの正しかったことがようわかる」

そこで言葉を切ると、久蔵はチラッとよねのほうを見やってつづけた。

「もう話してもよかっぺが、ばあちゃんの愚痴っていうのは……重助が男の目をしてばあちゃんを見るっていうんだ。ばあちゃんの思い過ごしだったかも知れねえが、ばあちゃんが重助に冷たくしたのも、初めは近寄らせねえためだったたっぺ。言葉が通じねえ小舅《こじゅうと》がいて、ばあちゃんにも苦労をかけた」

そう言って久蔵は話をやめたが、みなは言葉を失って西瓜にかぶりついた。久蔵は穏やかな眼差しをよねへ向けた。よねは機嫌よく曽孫《ひまご》の赤ん坊をあやしながら、スプーンで潰した西瓜を口にふくませていた。

＊いわゆる「差別語」について

「重助菩薩」では、「つんぼ」「片輪」などの、差別語といわれる言葉を使っています。近年は差別語（？）の使用に批判的な人が多く、文学作品でも使用すべきでないという意見も聞かれます。しかし私は以下に述べる二つの理由で、そうした意見に反対です。

第一に、だれにとっても言葉というものは他のさまざまな言葉とひとつの体系を成しており、ある人が使う言葉の体系は、彼が認識している世界と一対です。そして、ある人が使う言葉は、彼が生きている時代や、彼が育った環境などを表わし、そこに特徴的な「ものの見方」を表わしています。

この小説は高度成長期以前の、茨城県の農村が舞台ですが、そこに生きる人たちは聴覚に障害のある人たちを、「つんぼ」という言葉で切りとるのが普通でした。おそらく「聴覚障害者」といった言葉は知らなかったでしょう。だから、「つんぼ」という言葉を使うなという意見は、リアリティのない人間にしてしまうことを強要するものです。

そして「つんぼ」という言葉を使うときに、その時代の田舎に住むすべての人が、差別意識を持っていたなどということはありえません。もちろんその時代にも、差別意識をもって「つんぼ」という言葉を使う人もいたでしょうが、そうでない人もいました。「重助菩薩」では、心の深いところで、「つんぼの重助」を尊敬していた人たちを書こうとしています。

第二に、私は、ある言葉がしばしば差別的に使われたからといって、その言葉を禁じて新しい名称にしても、問題の解決にはならないと思っています。人は差別的な心を込めて「聴覚障害者」という言葉を使うこともできます。障害を持った人たちを大事にするふりをしても、人々の認識そのものが変わらない限り、どんな言葉を発明してもすぐに手垢がついて、差別語の仲間入りをするでしょう。

健常者と**障害**者という名称には、すでにひとつの価値観が含まれています。つまり、ある目的にとって効率よく行動できる健常者に対して、障害者の行動は効率が悪いという価値観です。この、多数派の都合というだけで、それ以上の何の根拠もない価値観を離れることこそ、大切なのではないでしょうか。私はそのときにこそ、はじめて差別をなくして、多様性を認め合うことができるのではないかと思います。

なお、本書のほかの作品も同様の考えで、文章を書いています。

動物裁判《さいばん》

一

母さんが暗い顔をして戻ってきた。軒先で背負《せお》い籠《かご》をおろして傾けると、たくさんのジャガイモが転がりでたが、それはみな傷ついたものばかりだった。

「またやられたよ。ウトパーダ」

母さんが中のひとつを拾いあげて言った。ジャガイモに歯形がはっきり付いていて、猪《いのしし》に食われたことは、ひと目でわかった。

「まだすこし若すぎるからね。掘ってしまうわけにはいかないわ。収穫まで何とかして守らなければ、みんな食われてしまうよ」

猪は前からときどき村の作物を食い荒らしている。森のほうから夜陰《やいん》に紛れてやってきては、ジャガイモ畑を荒らし、大豆を食べ、刈り取り前の稲を踏みにじる。

三年前に父さんが死んでから、ウトパーダの家の被害がとくにひどかった。父さんは銃が得意で、何度も大きな猪を仕留めたが、母さんやウトパーダにはできそうにもない。猪の奴らはまるでそれを知っているみたいに、家の畑を狙《ねら》ってやってくる。二人は畑の周囲に木の枝で柵を結《ゆ》ったり、縄を張ったりしたが、たいした効果はなく、去年は収穫が半減していた。

「父さんの銃を使わせてよ、母さん。畑のそばの藪に隠れていて、目の前に近づいたときに撃てば、きっと命中するよ」

「おまえには無理よ、ウトパーダ。父さんがよく言っていたわ。猪は散弾では死なないから、一発で仕留めなくっちゃならないって。もし急所を外したら、手負いの猪はきっとおまえを突きとばしてしまうわ」

走り寄ってきた妹のスジャータを抱きあげると、母さんはウトパーダのほうに向きなおって険しい目をした。

「母さんはきょう猟師のスンニャ爺さんに頼みに行ったのだけれど、どうしても断れない約束があって、一週間ほど家を留守にするらしいわ。なるべく早く帰ってきて、畑に来る猪を始末してやるって言ってくれたんだけれど……。

それで、おまえにお願いがあるの。畑のそばで焚火をして、夜じゅう見張っていれば、猪は近寄らないわ。十二歳のおまえにはたいへんな仕事だけれど、スンニャ爺さんが来てくれるまで、おまえに火の番を頼みたいの」

ウトパーダは即座に引き受けた。母さんは昼の仕事があるし、週末には伯爵さまの別荘に働きに行かなくてはならない。幼いスジャータの面倒も見なくてはならない。夜じゅう起きて焚火をしているなんて、とても無理だ。畑で夜を過ごすのはすこし怖いけれど、僕しかいない。一瞬のうちにウトパーダは事情をのみこんだ。それに母さんが自分を頼りにしてくれたことが、ちょっぴり誇らしくもあった。

その日からウトパーダは、陽が傾きだすと手斧《ておの》と猟銃と弁当を持って、森の近くのジャガイモ畑に行くことになった。猟銃は母さんに頼んで持たせてもらった。母さんはすこしためらったが、独りで心細いだろうから、護身のために持っていってよいと言って、銃の使い方を教えてくれた。

ウトパーダは銃を担《かつ》いで出ていく父さんの勇ましい姿を憶えているけれど、銃に触《さわ》るのははじめてだ。両手でずっしりと重い銃を握ると、力が湧いてきた。猪どころか森の奥から虎が現れたって大丈夫な気がした。

「おまえの身を守るために持っていくのですよ。危険がないのに仕留めようなんて思ってはいけませんよ」

と母さんは出掛《でが》けにくぎを刺した。

半時間ほど歩いて畑に着いたウトパーダは、まず近くの森に入って薪《たきぎ》を集める。焚火をひと晩じゅう切らさないためには、十抱《かか》えもの薪が必要だ。樫《かし》や楠《くす》の巨木が空に向かって樹冠を広げている鬱蒼《うっそう》とした原生林で、枯枝や倒木は探すまでもなく森のあちこちにあった。しかし、それを手斧で薪にするのもけっこうな仕事で、集め終わるともうたそがれどきになっていた。

森に近いほうの、辺りがよく見える畑隅に陣どって、火を焚きはじめる。枯れた小枝に点《つ》けた火を育てるのは案外難しい。しかし太い榾木《ほだぎ》に移れば、あとは火が消えないようにときどき薪を追い足すだけで、何もすることがない。ウトパーダは薪の山に背をもたせて、夜空を眺めたり銃を撫でまわしたりして夜明けを待った。

湿り気のある美しい薄闇が、炎に照らされたウトパーダを包んでいる。

森のほうの一段と深い闇のなかから、鳥の羽音や獣の唸り声が、ときどき注意をうながすように聞こえてくる。そのたびに十二歳のウトパーダはぶるっと身を震わせ、猟銃を握りしめるのだった。

二

それは六日目の夜更けのことだった。それまでの五晩《ごばん》は一睡もせずに緊張して夜明けを待ち、家に戻ってから死んだように眠りこけたウトパーダだったが、その夜はいつの間にか焚火のそばでうとうとしていた。

「起きろ！」

という吠えるような声で、ウトパーダはハッと目を覚ました。軍服を着た四、五人の兵士が彼を取り囲んでいる。

「どうしたんですか？」

「ウトパーダ、おまえを逮捕する」

「逮捕って、どうして？」

「殺獣《さつじゅう》未遂容疑だ。おまえ、猪を殺そうとして、ここで待ち構えていたな。そばにある猟銃が何よりの証拠だ」

指揮官らしい男が言う間もなく、二人の兵士が近づいて両側からウトパーダの二の腕を取った。

「あっ」

とウトパーダは息をのんだ。近づいた兵士の顔が犬のようだった。似ているだけじゃない。よく見ると焚火に照らされている指揮官も犬だ。鼻面の長く突きでた黒いシェパード犬だった。

ウトパーダは犬の兵士たちに連行されて、森のなかに入っていった。きのうまではなかったのに、森のなかには一本のまっすぐな道ができていた。

その道をどんどん歩いていくと、やがてレンガ造りの巨大な建物が現れた。

石柱の門に『動物裁判所』と青銅の表札がはめこんである。そばに、白いＭＰの鉄《てっ》兜《かぶと》を被《かぶ》った二人いや二匹の憲兵が、銃を持って佇《た》っていた。ウトパーダを連れてきた兵士たちは彼らに敬礼して、正面の建物に入っていった。

「少年を連行しました」

「遅いじゃないの」

赤い線の入った軍帽を被っている上官らしいスピッツ犬が言った。

「申し訳ありません。しかし中尉殿、こんな子どもを捕まえる必要があるんですかね。焚火をしながら居眠りをしていました。無邪気な寝顔で、たしかに銃は持っていましたが、使い方を知っているとも思えませんよ」

「これはドーベルマン将軍の命令よ。おまえたちは命令に従えばよいのです」

「だから連行してきましたが……こんな子どもまで捕まえるんじゃ、人間を片っ端《ぱし》から捕まえるつもりですか」

「この子は特別なのよ。この子には被告になる十分な理由があるの」

「と言いますと……」

「一つ、この子が待ち伏せていたのは猪よ。猪は新しい支配者であるブタ種の近親じゃないの。豚や猪を殺していた者や肉屋や料理人は真っ先に逮捕されたのよ。殺獣未遂罪と言っても、兎《うさぎ》や狐《きつね》を待ち伏せるのとはわけが違うのよ。

二つ、この子の父親は銃が上手で、猪が何頭も殺された恨みがあるの。父親が生きていれば子どもまでは捕まえなかったでしょうけれど、この子は父親の身代わりなのよ。

そして三つめ、最大の理由は政治的な理由ね。人間たちに闘いの勝者はだれかを知らせ、二度と刃向かわないようにするためには、子どもでさえも許さないことを示すのが効果的ってわけよ。要するにみせしめなのよ。

もうすぐきょうの裁判が始まるわ。余計なことを言わずに、急いで連れて行きなさい」

「はい、中尉殿」

シェパード犬は荒々しくウトパーダの背中を押して部屋を出た。そして、

「畜生、キャンキャンとうるさい奴だ。ドーベルマン将軍にかわいがられていなければ、

あんな奴にのさばらせてはいないのにな」

と、鼻をひくひくさせて吐き捨てるように言った。

広い石の階段を昇ると、正面に大きな両開きの扉があった。そこにも犬の憲兵が佇《た》っていて、ウトパーダは引き渡された。憲兵は扉を半開きにして、隙間から彼を押し入れた。

ウトパーダはまた息をのんだ。なかはすり鉢状に中央が低くなった広い会議場のような部屋で、大勢の人間や獣や鳥がひしめいていた。

よく見ると、人間はみなこちら側にかたまっている。その最上段には腰に拳銃をさげた犬の憲兵たちが、直立不動の姿勢で並んでいる。一様《いちよう》に腰のうしろに手を回しているが、人間が逃げださないように見張っているらしい。

「そうか、ここは法廷なんだ。こちら側の人間たちが順番を待っている被告人なんだ」

とウトパーダは気づいた。

むこう側にはいろいろな動物が雑然と座っており、最上段には裾の長い黒いガウンを着た動物たちが長い机を前に並んでいる。馬、山羊《やぎ》、鶏、牛、犬、豚、狐、兎、熊、鹿、鷹。種類の違う十一匹の動物が、どうやら裁判官らしい。

「ここに座れ。座って順番を待っていろ」

ウトパーダを空《あ》いている椅子のひとつに座らせて、犬の憲兵が戻っていった。

「オホン。被告人ラージャンの有罪は明白であります。彼は殊《こと》のほかに猟が好きで、毎週末になるとこの近くの別荘にやってきて、殺獣を楽しんだのであります。三十年ものあいだであります。そのあいだに犠牲になった同朋の数は、なんと四千五百名以上にのぼります。大虐殺というべきでしょう。これは被告の所業で多大な被害を受けた兎種の、執念の調査で判明したものです。殺獣鬼！　とあえて言わせていただきたい。この殺獣鬼には、死をもって報いるしか途《みち》はないのであります」

すり鉢の底が発言席で、蝶ネクタイをした猫の検事が熱弁を振るっていた。意地悪そうな目付きの猫は下から顔色を窺《うかが》うように判事たちの席を見まわし、ついで「どうだ」と言わんばかりに、人間たちの席を見まわした。

そして、「オホン、オホン」と咳払いをふたつして着席した。

「被告人ラージャンを発言席へ」

豚の裁判長が低い声でうながすと、憲兵が最前列に座っていた中年男を立たせて引き連れていった。

「伯爵さまだ」

とウトパーダはつぶやいた。

間近に見るのははじめてだが、いつか母さんといっしょにお屋敷に行ったときに、馬に乗った伯爵さまをかいま見たことがある。カイゼル髭《ひげ》を生やした伯爵さまは、黒いニッカボッカのズボンに赤いチョッキの乗馬服を着て、金色の立派な鞍《くら》にまたがっていた。そして、うしろにひっくり返らないか心配なほど胸を張っていた。今も同じ服装で、やっぱり胸を張っている。

「被告人ラージャン、弁明したいことがあれば何でも言いなさい。おまえたち人間は私たちを物扱いし、問答無用に殺してきたけれど、私たちはそんな野蛮なことはしない。おまえたちの言い分も十分に聞くつもりだし、わが同朋におまえたちの弁護さえ頼んであるのだ」

ラージャン伯爵は何も言わずに怒りのこもった目で裁判長をにらみつけた。

「何も弁明しなければ罪を認めたことになるぞ」

「・・・・・・」

「仕方がない。被告人ラージャンの弁護人を発言席へ」

すると動物たちの席から虎が立ちあがって、重々しい足どりで発言席に降りていった。

「私はラージャン伯爵と一面識もないのであります。伯爵の犬どもが私の昼寝を妨げることもありましたが、みなさんご承知のように、私にとって犬の牙など物の数ではありません。怨みもなければ恩義もない。そういう私がなぜ伯爵の弁護を引き受けたか、ご不審のみなさんも多いと思いますが、関係がないからこそ、公平な観察と判断ができると考えます」

虎は上首尾にすべりだした自分の弁舌に満足して動物席を見渡した。そして赤い舌でペロリと舌なめずりをした。目線が合った兎や鹿は震えあがって身をすくめた。

「さてみなさん、バイラー検事の告発を聞いて私が一番疑問に思いますのは、獣を殺した数の多さだけで非難してよいのか、ということであります。みなさんご承知のように私たち虎も、同朋の兎や鹿のみなさんを殺して食わなければなりません。遺憾《いかん》ながら、わが一生で殺戮《さつりく》を犯さなければならない数は、ラージャン伯爵に勝るとも劣らないのであります。

しかしみなさん、これはみなさんがよくご承知のように、神さまがお決めになった厳粛な定めでありまして、私たちの自由意志が入り込む余地は毫《ごう》もありません。そして人間もまた、彼らは雑食でありますが肉をもっとも好みます。肉を好む性向と闘争を好む性向とが合わさって、狩猟というスポーツが生まれたことを考えれば、被告人の行為にも情状酌量《しゃくりょう》すべき点があると思うのであります」

「異義あり！　裁判長」

猫の検事が割りこんだ。

「バイラー検事、手短かに発言してください」

「オホン。私は被害者の多数をもってのみ被告人を告発しているのではありません。同じ殺獣行為と言いましても、虎やライオンの行為は空《す》きっ腹を満たすためであり、生きるためであります。しかるに被告人は毎日牛肉や鶏肉をたらふく食っていながら、エヘン、突きでた腹をもてあましながら、まさに遊ぶために殺獣を繰り返したのです。その証拠に、猟犬に追い出された兎を見つけても、すぐには銃を使わない。必死に逃げる兎を笑いながら追い駆けまわし、自分たちも快い汗を十分にかいてから、ジワジワと包囲網をせばめて仕留めるのです。そのあいだの兎の恐怖はいかばかりでありましょう。私バイラーは、まさにその悪魔のごとき心と振る舞いを告発しているのであります」

「いや、私は何も、被告人を無罪にしろと言っているのではない」

準備してきた弁論があっさりいなされて、虎は口ごもった。そしてチッと舌を鳴らすと突然慇懃《いんぎん》な口調をやめて言った。

「おれは別に、本能が認められればいいんだ。善だの正義だのと、人間がでっちあげた概念で、本能が裁かれては、生きにくくって仕方がないからな」

虎は「ガオー」とひと声吼《ほ》えて法廷を恫喝《どうかつ》し、のしのしと自分の席に戻っていった。

「被告人ラージャン。今にいたっても何も言うことはないか。何も弁明できないと、死刑は明白ですぞ」

「おまえたちに弁明することなど何もない。死刑にでも何にでもするがよい。わしはおまえたちに負けた。負けたときから覚悟はできているが、力で負けただけだ。おまえたち畜生どもに裁かれるつもりは毛頭ない」

ラージャン伯爵はそう言ってまた裁判長をにらみつけた。豚のマーナー裁判長はブーブーと鼻を鳴らし「仕方がない」と言った。そして、頬杖をついて聞いていた裁判官たちを集めて、何やらひそひそ話をしていたが、やがてラージャンのほうに向きなおって、抑揚のない声で宣告した。

「被告人は有罪。当動物裁判所は被告人をサバンナへ追放の刑に処す。被告人を裸にしてライオンやヒョウの横行するサバンナに放つ。猛獣に追われて逃げ惑う恐怖を、被告人も味わうべきである」

ラージャン伯爵は、判決を聞いても表情を変えずに、胸を張っていた。二匹の犬の憲兵が近づいて、両脇から彼の腕を取って連れ去っていった。ウトパーダが隣に座っている顎鬚《あごひげ》の男に尋ねた。

「おじさん、どうして動物が人間を裁いているんですか？」

「革命だよ。動物たちが革命を起こして、国を乗っ取ったのさ。それから、奴らの復讐が始まったってわけだ。

おまえ、まだ子どもじゃないか。おれは肉屋だから察しがつくが、おまえはどうしてここに連れてこられたんだ？」

「ジャガイモ畑の番をしていたんです……」

と言いかけたとき、

「こら、そこの二人、勝手に話すんじゃない」

と、最上段にいた憲兵が飛び跳《は》ねてきて怒鳴った。バンバンと豚の裁判長が木槌を打ち、「静粛《せいしゅく》に」と命令した。

三

つぎに引き出された被告人は、サイクシャ博士という名前の農学者だった。「農学者」とよばれたサイクシャ博士は、顔を赤くして「私は分子生物学者だ」と訂正したが、ウトパーダにはどう違うのかわからない。

白髪混じりの顔から思うに六十歳ぐらい。ギョロ目で唇の厚い男で、上等そうなダブルの背広を着ている。ウトパーダが知らない顔だったが、バイラー検事が「生物改良研究所の所長」と言ったので、思いあたることがあった。

村のはずれに窓のない四角い建物があり、その敷地は高さが三メートルもあるコンクリートの塀で囲まれていた。そのうえ、敷地のたったひとつの入口には頑丈な鉄の門扉《もんぴ》がついており、用のない者が近づくと門番が容赦なく追い返した。そこの近くに、たしか『生物改良研究所』と書かれた標識が立っていた。ウトパーダは、ときどき黒塗りの乗用車やコンテナを積んだトラックが入っていくのを見たが、なかで何をやっているのかは知る由《よし》もなかった。

「オホン、被告人サイクシャの罪を暴くのに、私は多言《たげん》を要しません。生物改良などと偽善的な名前をつけておりますが、被告人がわが同朋である家畜のみなさんを改造して与えた苦しみは、筆舌に尽くせないほどすさまじいものであります。彼らの怨みは被告人を八つ裂きにしてもまだ晴れないほど深いのであります。私が告発するよりも、被害者の方々にじかに証言していただきましょう」

猫のバイラー検事は右手をひょいとあげ、雌鶏《めんどり》を手招きして発言席に座らせた。

「わたくしたち鶏《にわとり》が神さまからいただいた寿命は、およそ十五年ということでございます。わたくしたち雌鶏は、春に数個の卵を産み、二十一日間抱いて雛《ひな》をかえし、子育てをするものだったということでございます。ウッ、ウッ」

雌鶏ははじめから涙声で、ときどき「ウッ、ウッ」としゃくりあげながら訴えた。

「お恥ずかしいことですが、そんな鶏の自然を、わたくしたちのだれ一人として知りませんから、わたくしは本で調べてきたのです。

と申しますのは、わたくしたちはみな二歳になると屠殺《とさつ》されてしまうので、寿命を知りません。わたくしの体は卵を産む機械に改造されてしまったので、自然の生理を知りません。ウッ、ウッ。

成鶏《せいけい》になりますと季節に関係なく毎日一個ずつ卵を産みます。卵はすぐに人間に奪われてしまいますが、たとえ奪われなくても、抱いて育てる母性は消されてしまい、ああ、なんという悲劇でしょう。自分の腹を痛めた卵だというのに、間違って割れようものなら、ココッ、ココッと喜びの声をあげて食ってしまうのです。ウッ、ウッ、ウッ」

声を詰まらせた雌鶏は、たかぶった気持ちを抑えようと天井を仰いだ。

「卵を毎日産むなんて、女として異常なことですもの、一年もたつと今度はほとんど産まなくなりますわ。そうすると、わたくしたちはいっせいに屠殺されてしまうのです。

わたくしたちの一生に命の尊厳を感じられるときが、ほんの一瞬でもあるでしょうか。

生まれるときも母の温もりを感じることなく、人工孵化《ふか》器で誕生します。そして幼いときは、たくさんの仲間といっしょにケージのなかに押しこめられます。自由に動けないわたくしたちは、ストレスがたまって凶暴になりますが、人間はわたくしたちの嘴《くちばし》や爪を切り落として、怒りを表わすことさえできなくしているのです。ウッ、ウッ、ウッ、ウッ。

そして成鶏になれば、後ろを向くこともできない狭いケージに入れられ、ベルトコンベヤーに乗せて与えられる餌をひたすら食べ、ひたすら卵を産む機械と化するのです。ケージのなかの仲間の眼を見てください。だれの眼もうつろです。わたくしたちはみんな狂って死んでいくのです」

雌鶏は感極まっておいおいと泣きだした。法廷のあちこちから、もらい泣きして鼻水をすする音が聞こえてきた。

「いやいや、ありがとうございました。お疲れさまでした。さあご自分の席に戻って休んでください」

バイラー検事がにんまりしながら「ゴロゴロ」と喉《のど》を鳴らし、猫撫で声で言った。そして判事たちのほうに向きなおると、声色《こわいろ》を改めてつづけた。

「証拠品第二十五号をご覧ください。生物改良研究所を家宅捜索した結果、さらに残忍な生物改造が行われていたことが明らかになりました。写真のような肉の塊が実験室のなかに並んでいたのでありますが、驚いたことにそれらは生きている鶏だったのです。餌を効率よく鶏肉に変えるためには、羽も足も邪魔ものであるというわけで、遺伝子操作によってそれらを消しさったブロイラーが育てられていたのです」

同じ写真が壁に吊るされた大きなスクリーンに映しだされると、室内にどよめきが起こった。それが収まるのを待って、バイラー検事は、

「つぎなる証人は、乳量全国一の表彰を受けた雌牛《めすうし》さんです」

と高らかに紹介した。

雌牛は床に届きそうな巨大な乳房をぶらさげて、のそのそと発言席にやってきた。

「雌鶏さんが卵を産む機械にされたように、あたしゃ乳を出す機械にされたんです。ケージ飼いの雌鶏さんと同じで、あたしらも狭い牛舎《ぎゅうしゃ》のさらに狭い枠のなかにつながれて、歩くこともままならない。そうしてひたすら乳を出しているんです。あたしが今どれだけの乳を出しているか、ご存知？　毎日百リットル、一年に二万リットルだわ。これというのも遺伝子組み換えっていう悪魔の技術のせいなの。あたしの乳はホルモンの指令で出るんだけれど、そのホルモンを大腸菌に作らせて、あたしらに無理矢理注射するの。そうするとあたしらは、いやでも乳を出しちまうってわけよ。

もちろん材料がなければ乳もできやしない。だから、運動もできないのに濃厚飼料をどんどん食べさせられて、胃袋や乳房は病気になるけれど、病気は抗生物質で抑えるの。奴隷よりひどいわよ。三年も働いたら体はぼろぼろになるから、あとは屠殺場《とさつじょう》に行くだけ。

屠殺場に行くとき、あたしの仲間はみんな大きな目に涙を溜めているけれど、死ぬのが怖いんじゃない。こんなむごい一生をようやく終わることができる。こんど生まれるときは、家畜にだけはならないぞって、辛《つら》い一生を振り返って涙するのよ。

あとからあとから乳が出るなんて、人間は嬉しいでしょうけど、あたしらには苦しみでしかないわ。しかも、そのほとんどすべて、あたしらの子どもに飲ませるわけじゃないの。

あたしは乳を出すために子どもを産まされるけど、子どもたちはみんな生まれるとすぐに引き離されてしまう。あたしの乳首を一度も口に含むこともなく……そうして娘たちはあたしと同じ運命を担《にな》い、息子たちは子牛のうちに殺されちまうのよ。成牛なら肉牛として改造されたものの方がうまい。乳牛の子どもは、まだ肉が柔らかいうちに食っちまおうってわけよ。

こういう技術を開発した奴らのボスがあの男かと思うと、あたしゃどうなっても自分の足で踏みつけて、あの男をリンチしたいわ」

雌牛はあらかじめ心に決めていたらしく、「モォー」とひと声叫んで、サイクシャ博士めがけて突進した。それを止めようと犬の憲兵が四方から駆け寄ったが、巨大な雌牛は止まらない、サイクシャ博士はあわてて机の下に身を沈めた。雌牛は備えつけの長い机のあいだに挟まって身動きできなくなり、サイクシャ博士は危うく難をまぬがれた。雌牛がもう一度「モォー」と悲しげに叫んだ。

「落ち着いてください。雌牛さん。あなたの苦しみも怨みも重々理解できますが、人間がいかに身勝手で残酷だからといって、私たちも同じように振る舞っては、動物の品性を落とすことになります。裁判所の公正な判断に任せてください」

バンバンバンと木槌を打ち鳴らしながら、裁判長がかん高い声で言った。マーナー裁判長はふだんはぶつぶつと低い声でつぶやくように話すのに、興奮するとキィキィと一オクターブも高い声を出すのだった。

「オホン。さてみなさん、証人はまだまだ数えられないほどいるのですが、このくらいにしておきましょう。

最後に私バイラーは被告人自らの著書から、被告人の言葉を引用して罪を明らかにしたい。被告人は冷酷な生物改造の是非を問われて、つぎのように答えております。すなわち、『私は神を信じていますが、神はご自分の姿に似せて私たち人間を創り、人間に奉仕するためにあらゆる生物を創ったのです。

科学が発達するまでは、あらゆる生物は人間のために存在していながら、人間の「何のため」にあるか十分にはわからなかった。科学の、とりわけ分子生物学の発達によって、それを解明する方法が与えられた。雌鶏は人間に卵を供給するために存在し、雌牛は人間に牛乳を供給するために存在しているのです。

ですから、自然な状態より効率よく卵や牛乳を供給できるようにする品種の改良は、鶏や牛にとっても自らの存在の意味をよりよく発揮することなのです。私たち分子生物学者は、いわば神のお手伝いをしているのです』と言っております。被告人サイクシャ、これはあなたの言葉に間違いありませんね？」

「いや、それは、その、たしかに私の言葉ではありますが、私の、ええと……本心ではありません」

サイクシャ博士はハンカチで額の汗を拭きながら言った。

「研究をつづけるために、その、世論の反対を抑える必要がありまして、そのような理論を借りてきたのですが、私の本心は、ええと……生きとし生けるものはみな平等であると考えています」

法廷のあちこちで失笑が起こった。

「静粛に！」

と裁判長がまた木槌を叩いた。

「裁判所のたび重なる要請にもかかわらず、被告人の弁護を引き受ける同朋は一人もおりません。したがって本件はこれにて結審とします」

それからまた最上段にいる十一名の判事たちが集まってひそひそ話をしたが、すぐに解散して裁判長が判決をくだした。

「被告人は有罪。当動物裁判所は被告人を生贄《いけにえ》の刑に処す。神のために存在するという被告人の言にもとづき、被告人を八つ裂きにして神の祭壇に捧げる」

それを聞いてサイクシャは扉のほうに一目散に逃げだした。しかしすぐに犬の憲兵が飛びかかって足に噛みついた。

「助けてくれ。死ぬのは嫌だ。みなさんのために働くから、命だけは助けてくれ」

と叫ぶサイクシャを、犬たちが引きずっていった。

四

被告人カルナーの名が呼ばれたとき、法廷にどよめきが起こった。人間たちの席ばかりか、反対側の動物席からも、

「カルナーさんだって？」

「あの人も被告なの？」

とささやく声が漏れた。

農場主のカルナーは情け深いと評判の男で、「ホトケのカルナー」と渾名《あだな》されている。無類の動物好きで、農場には経営を支える五十頭の乳牛のほかに、馬が三頭、山羊が二頭、鶏とアヒルとガチョウが十羽くらいずつ、兎が六羽、犬二匹に猫三匹、それから珍らしい猿も一匹飼われていた。

その多くは役立たずになって屠殺場に行く運命だったのを、カルナーがもらったり捨て値で買いとったりしてきた家畜だった。山羊は乳を出さないし、鶏もめったに卵を産まない。

「いくら暮らしにゆとりがあるからといって、これだけ役立たずを飼っていちゃ、餌代も馬鹿になるまいに」

そう言う村人たちに、カルナーは、

「役に立たないからって殺すなんて、可哀想じゃないか。人間は役に立つから生きているのかい？」

と笑って応えるのだった。

「ホトケのカルナーは、蟻の穴のなかに砂糖を零《こぼ》してやるんだよ」

そんな噂話を、ウトパーダも耳にしたことがある。

子どもたちはカルナー農場が大好きだった。学校が引けると、ときどき誘いあって動物園のような農場に遊びにいった。

「ガーガーガー、コッココッコ、ワンワンワン」

「ガーガーガー、ヒッヒーン、メーエ」

動物たちの合唱を聞くだけで、子どもたちは楽しかった。運がよければ、カルナーさんが馬の背に乗せてくれることもあった。

「オホン。ホトケのカルナーとよばれた男が被告席にいるのを見て、みなさんが少なからず驚かれたことは、さきほどのざわめきからも知れるところでありますが、みなさん、出来事の表面的な意味に欺《あざむ》かれてはいけません。

カルナーは私たち動物の本当の友人であったか？　出来事の深層の意味を鋭くえぐる

ならば、『ノー』という答えが見いだされるのであります。

第一に、『役立たずを引きとって生かしている情け深い男』という言い方は、正確ではありません。なるほど競走馬として育てられ、レースに出なくなった馬は、競走馬としては役立たずではありますが、馬として役立たずなのではない。カルナーや子どもたちをその背に乗せて楽しませたことで、彼は十分に役立っているのであります。愛くるしい瞳で子どもに笑顔をもたらすだけの兎でさえ、役に立っているのであります。

さらに言えば、そのような動物を飼っていることで、被告人カルナーは世間で一定の評価を産んでいるのでありますが、その評価は彼が世間で生きていくうえで利益になることであり、カルナーの心にそうした計算が働いていなかったとも言えません。くだけて言えば、『情け深い男』という評判を取るために、廃棄された動物たちを飼っていたかも知れないのです。

オホン、第二に、カルナーにそういう道楽を許したのは、彼の農場を経済的に支えている五十頭の乳牛たちであります。カルナー農場の乳牛たちは、ほかの酪農場に比べればましな扱いをされていたことは確かです。

遺伝子組み換えのホルモン剤などは投与されていなかったし、毎日野外で運動する時間があったし、濃厚飼料ばかりでなく、青ものも十分に与えられていた。しかし、そんなことは牛たちの当然の権利ではありませんか。もともと牛たちのものである乳を奪い、自分は何も産みださずに金を得ていながら、動物に憐れみを垂れるなどという行為は、私には思いあがった人間の偽善としか見えません。牛たちがカルナーを養っているのであって、その逆ではありませんぞ。

みなさん、カルナーの農場には、まだ柵があり、鎖がありました。それこそカルナーの行為が偽善であることの何よりの証です。私たち動物は、本来野山を自由に走りまわるべきものなのです」

そう言うとバイラー検事はカルナーに近寄って、ピクピクと口元をひきつらせた。

「ところでカルナー被告人、あなたは車で猫を轢《ひ》き殺したことがありますね。子猫があなたの車の前に飛びだして、あなたは急ブレーキをかけたが跳ねとばしてしまった。相手が人間ならば、あなたは当然車を降りて病院に運んだでしょうが、あなたは車を降りて子猫の様子を見ようともせず、何事もなかったように立ちさった。どうですか、カルナーさん。去年の夏の蒸し暑い夜のことですが、記憶にありませんか?」

「そんなことがあったかも知れない」

「目撃者がいるのですよ。かく言うこの私です。あなたが轢き殺したあの子猫は、私の愛《いと》しい娘だったのです」

バイラー検事は猫背になって怨みのこもった眼差しをカルナーに向け、一段と声を張りあげて言った。

「みなさん、私は私怨《しえん》でカルナーを糾弾《きゅうだん》しているのではありません。動物愛護などと身勝手なことを言っている人間たちの偽善を糾弾しているのです。終わります」

弁明を求められたカルナーは、力なく立ちあがって言った。

「今まで考えたこともなかったけれど、検事さんの言うとおりかも知れません。しかし、ひとつだけ自分の名誉のために言っておきますが、私は『情け深い』という評判を得るために、動物を飼っていたのではありません。そんなことは考えもしなかった。私は子どものときから動物が好きだったんです」

カルナー被告の弁護人は、彼の農場で飼われている雌鶏だった。十歳になるという老《ろう》鶏《けい》は、発言席に行くときに、

「あまり余計なことをしゃべるんじゃないぞ」

とバイラー検事に小声で脅《おど》されて、すっかりおじけづいてしまった。

「さっきのケージ飼いの雌鶏さんの話を聞いて、あたしは幸せだと思いました。人間の残飯だの野菜屑《くず》だのですけれど、食べ物も十分にもらいましたし、たしかに柵のなかですけれど、歩きまわって地虫《じむし》をつつくこともできました。

ええ、もっと自由で楽しい一生があったかも知れないけれど、あたしたち家畜は改造されてしまって、野山では生きられない。だからけっこう幸せだったのかも知れないと思います。あたし馬鹿なのかも知れませんが、カルナーさんに情状酌量をお願いします」

そう言うのが精一杯で、老鶏は顔をあげずに、羽根が半分抜け落ちた尻をもちあげて、トットットッと駆けもどっていった。

裁判長が判事たちを集め、こんどは長いあいだ喧々囂々《けんけんごうごう》やっていたが、やがて解散して判決がくだされた。

「被告人は有罪。被告人をペットの刑に処す。被告人を農場に軟禁し、生涯外出を禁ずる。動物愛護などと称してペットを飼う人間たちの身勝手な行為に対して、みせしめとするものである。ただし情状を酌量して、飲食は十分に与えるものとする」

「ひどい裁判だ。あいつらは難癖をつけて人間すべてに復讐しようとしているんだ。ホトケのカルナーが有罪なら、無罪の人間なんていやしない」

顎鬚《あごひげ》の肉屋が、憎々しげにつぶやいた。するとそのとき、斜め前に坐っていた男が突然立ち上がって、大声で叫んだ。

「人間はみんな有罪だ。われわれはみんな有罪だ」

背の高い痩せた男だった。丸い黒縁のメガネをかけた神経質そうなその男は、まるで

教師が不真面目な生徒を叱るみたいに、前列にいる男たちの頭をぽかぽかと殴りながら、

「人間はみんな罪びとだ。われわれはみんな罪びとだ」

と繰り返した。

豚の裁判長がまた木槌を打ち鳴らした。

「憲兵、憲兵。あの男を外へ連れて行け。あいつは恐怖で頭がおかしくなっている」

男が連れていかれるのを見ているウトパーダにも、ようやく恐ろしい運命が予想できて、脇の下を冷汗が流れおちた。

五

つぎに呼ばれたのは、猟師のスンニャ爺さんだった。

森の近くの丸太小屋に住んでいる爺さんは、若いときから猟師をしていた。熊や鹿や狐を撃って毛皮を売るのが仕事だ。その金で四人の子どもを育てたが、子どもたちは跡を継がずにみんな町へ出ていった。

十年ほど前に奥さんが死んでからは独り暮らしだった。ふだんは小屋のそばのわずか

な畑を耕し、金がなくなると旧式の銃を担いで森に入り、何がしかの獲物を捕ってくるという気儘《きまま》な日々を送っていた。

被告席に降りていく途中で、ウトパーダに気づいた爺さんは、

「ウトパーダ、おまえもいたのか。これは驚いたな。でも心配しなくていい。わしのように獣を撃ち殺すのが仕事の人間は、有罪間違いなしだが、いくら畜生だって、子どものおまえまで殺すはずはない」

と言って、にっこり笑って通り過ぎた。

バイラー検事の告発をうなずきながら聞いていたスンニャ爺さんは、弁明を求められて言った。

「検事さんの言うとおりで、言い訳することなんぞ何もない。わしの家は代々猟師だった。わしの祖父《じい》さんも親父《おやじ》も猟師で、わしは小さいときから鍛《きた》えられて、猟師になる以外に考えられんかった。世の中が変わって、わしの子どもたちはみんな町へ出ていったが、それが良かったのかどうかわからない。

どんな仕事にも辛いことがあるじゃろうが、獲物を撃つ仕事もけっして楽しくはない。わしの親父はいつも言っていた。『わしらは獣を殺して生きている。来世はきっと小さな弱い生きものになって、獣に殺されるに違いねえが、これも運命だから諦めるしかね

え』となｌ。

わしもずっとそう思って生きてきた。来世ではなく、今生《こんじょう》で思ったとおりになってしまったが、仕方がない。わしは猟師になる以外に考えられんかったんじゃ」

爺さんが口をつぐむと、豚の裁判長が眼鏡をかけなおして面倒臭そうに言った。

「プロの殺獣者であった被告人の罪状は明白であり、本件被告人にも弁護人のなり手がいないので、これにて結審とします」

そのときだった。

「異議があります。裁判長！」

と判事席から叫んだ者がいた。

「パンニャー判事、何でしょうか？」

「動物のみなさん、判事のみなさん、この裁判の私怨《しえん》に満ちた異常な雰囲気にみなさんもお気づきでしょう。戦いに勝ったものが、戦いに敗れたものを裁く裁判など、行うべきではなかったのです。とりわけ本件の被告は、どう考えても無罪であり、被告を有罪とするならば、動物の輝かしい歴史に拭《ぬぐ》うことのできない汚点を付けることになります。

動物を殺すこと自体が罪ではありません。もしそうであれば、虎氏の証言のとおり、肉食動物はつねに罪を犯すことになりますし、草を食《は》む私たちも、草の命を奪っているのですから同罪です。これでは命の世界そのものが、罪深い世界だということになるじゃありませんか」

山羊のパンニャー判事はそこまで声高に一気に話すとひと呼吸し、白い鬚をしごいて声を和らげた。

「私たち動物連合は欲にまみれた人間の利己的で酷薄《こくはく》な行為を暴《あば》くために、この裁判をはじめました。人間に対する怨みや妬《ねた》みからはじめたのではありません。少なくとも山羊種の代表として私が判事の役を引き受けたのは、私怨を晴らすためではありません。私はさきほど『動物の輝かしい歴史』と申しましたが、それは私たち動物が何千年ものあいだつねに虐《しいた》げられる立場にいながら、私怨というものを持たなかったからであります。さらに、私たち動物同士でもおたがいに殺戮《さつりく》の歴史でしたが、人間のように屁理屈で正当化しなかったからであります。だからこそ私たちの歴史には、自然とよべる明るさが漂っていたのです。

人間もまた動物の一種です。スンニャ爺さんの暮らしはきわめて慎《つつ》ましく、必要以上に獲物を探すことはなかった。自分の行為を正当化することもなかった。スンニャ爺さんの生きざまはまさに人間という自然のひとつの形ではありませんか。これを裁くなら、私たち動物の自然もまた裁かれねばなりません」

そこまで言うと、ふだんは喜怒哀楽を表わさないパンニャー判事の表情が一瞬暗くなった。

「人間が私たちに対して犯した最大の罪は、分子生物学という悪魔の学問によって、私たち動物に人間の頭脳を持たせてしまったことです。みなさんご承知のように、人間はより長く生きるために、豚に自分の内臓を育てさせ、老化した内臓を交換することを思いつきました。特権階級だけではありますが、移植の際の拒否反応を避けるため、一人一人の肝臓や肺や心臓をあらかじめ作っておくのですから、犠牲になった豚の数は数えきれません。そしてあろうことか人間は、自分の脳まで交換しようとして、豚に育てさせたのです。その結果、豚に知恵がつき、ついに革命が起こったのは、みなさんご承知のとおりです。

この革命が私たちにとって幸せなものなのか、私にはどうしても肯《うべな》うことができません。

人間はその長い歴史のなかで彼らの能力を上手に使ってきたとは思えません。ひとつの秩序を創りだすために、血みどろの戦いを繰り返してきましたし、できあがった秩序も、どうみても美しいものではない。公平でない。自由でない。平和でない。欠点だらけであります。

しかしながら、人間を排除して私たち動物がやりなおしても、同じように愚かな歴史を繰り返すのではないでしょうか。その証拠に、もうすでに革命を指導した豚たちには権力争いが起こっていますし、犬の軍隊も、同朋に対しても横暴な振る舞いをはじめています。

みなさん、自然を取り戻しましょう。私たちが自然を逸脱しなければ、猛獣がいても猟師がいても、この世界は平和なのです」

山羊の判事が会釈《えしゃく》して座ると、法廷は静まりかえった。その重苦しいしじまを破って、豚の裁判長がキィキィ声で叫んだ。

「パンニャー判事を取り押さえろ！」

犬の憲兵がどっと駆け寄っていったが、今度は熊の判事が仁王立ちに立ちあがってどなった。

「やめろ！　スンニャ爺さんは無罪だ。パンニャー判事の言うとおりだ」

するとあっちからもこっちからも、

「スンニャ爺さんは無罪だ！」

「スンニャ爺さんは無罪だ！」

と大合唱が起こり、広い法廷は騒然となってしまった。

「ワンワンワン」

「ギャンギャンギャン」

「キイキイキイ」

「ガオー」

六

「ワンワンワン」

騒がしい犬の声でウトパーダは目を覚ました。吠え声はどうやら森のなかから聞こえてくるらしい。何に吠えているのか、ひっきりなしにつづいている。

榾木《ほだぎ》が燃えつきて、焚火はすっかり消えていた。「しまった。ジャガイモはやられていないか？」と心配になったが、まずはもう一度火を焚かなくてはと思って、ウトパーダは小枝を割りはじめた。

「火は点けるな。ウトパーダ」

人語《じんご》に驚いて見あげると、月の光に照らされて、猟銃を担いだスンニャ爺さんが立っていた。明るい夜だった。満天の星空のやや西寄りに、下のほうが欠けはじめた白い月があった。

「もうじき犬に追いだされた猪が、こっちへやってくる。わしはここで待ちぶせる。おまえは藪のなかに隠れていなさい」

と爺さんは近くの笹藪を指さした。切迫した断固とした語調だった。

ウトパーダは銃をつかんで立ちあがり、言われたとおりに笹藪のなかに飛び込んだ。そのあいだも犬の吠え声がつづいていたが、やがてそれが近づいたかと思うと、森の闇のなかから一頭の大猪が躍りでた。

大猪は小さな崖を駆け降り、畑を斜めに横切って、二人の方に逃げてくる。すぐ後ろにスンニャ爺さんの黒い猟犬が姿を現し、激しく吠えたてながら追ってくる。

「あっ」

とウトパーダは声をあげた。猟犬に遅れて数匹の子どもの猪が、転がるように崖を降りてきたのだ。それは瓜のような縞模様のある、ラグビーボールほどの小さな奴らで、二、三、四、と四匹まで数えることができた。短い脚で右往左往しながら、それでも必死に母親のあとを追いかけているのだった。

スンニャ爺さんは片膝を立てて猟銃を構え、猪に照準を合わせようとしていた。ウト

パーダが「待って」と言おうとしたとき、

「ダーン！」

と夜空を揺るがす銃声が起こり、十メートルほど前方で大猪がばったり倒れた。追いついた猟犬が動かない獲物に向かって一段と大きな吠え声をあげている。

「子どもがいるよ」

藪を飛びだしてウトパーダが言った。

「わかっている」

「母さん猪だったよ」

「・・・・・・」

「わかっていて撃ったの？」

責めるような口調で言った。

「仕方がないんじゃ。ウトパーダ、あいつらが大きくなるまで見逃してやったら、畑の被害は何倍にもなるぞ。おまえの母さんがもっと悲しむことになるぞ」

ウトパーダはうつむいてしばらく黙っていたが、やがて顔をあげて、

「ごめんなさい。スンニャおじいさん」

と謝った。

「生きていくことは、切《せつ》ないことなんじゃ」

爺さんは独り言のように言った。それから明るい声で、

「瓜坊を捕まえろ、ウトパーダ。あいつらを育てれば金になるからな。母さんを喜ばせてやりなさい」

と少年をうながした。ウトパーダは母猪の周りでうろうろしている子猪を捕まえに走っていった。青白い月光が、夜の畑でうごめいている猪や犬や人間を、美しく照らしていた。

ゆうこく

一

けたたましい音を立てて、刈払《かりばら》い機が篠藪《しのやぶ》をなぎ倒し、山道を切り開いていった。倒された篠をかき集めて道際《みちぎわ》に積み上げながら、市職員の青年が大原隆夫に声をかけた。

「区長さん、田んぼはこの上にまだどのくらいあるんですか？」

「この左側が田沢さんの田んぼだ。田沢さんの田んぼがてっぺんだからね。あと二反《たん》くらいだが、たしか十枚以上もある。その上はずっと前から杉林になっている。大藪になっちまって、きれいにしなければ境界も見えないが、ほら、ここからでも杉の木が見えるだろう。あの辺りまでが田沢さんの田んぼだ」

「まだ三、四十メートルはありますね。谷津田《やつだ》は大変だなあ。こんなところ、よくやってたなあ」

青年が笑いながら言った。大きいおさでも五畝《せ》歩《ぶ》くらい、小さいおさは一畝歩もないのが十数枚、棚田をなしている。田の面《も》は枯れた背高泡立草《せいたかあわだちそう》や薄《すすき》に覆われ、大雨のときに表土流失が起きたのだろう、よく見ると畦《あぜ》の一部が崩落して田んぼの真ん中に岩が露出している。畦の斜面には楮《こうぞ》や白膠木《ぬるで》らしい背丈ほどの灌木《かんぼく》も生えていた。

「本当に、伝造さんはよくやっていたな」

と大原も思った。地籍調査に立ち会ってほしいという町役場の依頼で、久しぶりに椎《しい》の木沢を登ってきた大原は、辺りの荒れように驚きながら、二十年前の事件を思い出していた。

異常な時代だった。東京の銀座辺りでは、地上げ屋が賃貸事務所の借り主を追い出すために一億円支払ったとか、とくに大きくもない日本の会社が有り余っている金でフランスの古城を買ったとか、今では考えられないニュースが報じられた。

バブルの金は田舎にも押し寄せ、リゾート施設だの、ゴルフ場だの、別荘だのが乱立した。そういうものが利殖目的に造られた。ゴルフをまったくしない者が値上がりを見込んで会員権を買う。実際、はじめは数百万円の会員権が数年で十倍にもなったから、開発会社にはいくらでも金が集まる。強気の開発会社は、金をばらまいて田舎の土地を買いあさる。農地法で農業者でない者は農地を買えないことになっていたが、政治家を動かして大規模開発の特例もできていた。

まったく異常な時代だったな。だれもが時代の波に乗り遅れずに、いい目を見ようと考えていたのだ。「財テク」という言葉が流行《はや》りで、専業主婦や学生まで不労所得を得る投資に夢中になった。

あのころはこの谷津田も反当たり三百万の値が付いたが、バブルがはじけて、今では百万でも買い手はいない。伝造さんの田んぼはこんなに荒れちまったが、これでよかったんだな、と思う。

荒れた田んぼなら、必要なときにはまた開墾《かいこん》することができるが、ゴルフ場にしてしまったら、簡単には戻せない。自然に任せていればいいんだ。出番が来るまで、隠れていればいいんだ。伝造さんも、あの世でそう思っているに違いない。

二

伝造は耕耘機にトレーラーをつけて、椎の木沢の谷津田に向かった。農協の職員に教えられて「トレーラー」といっているが、鉄パイプの骨組みに箱型に板を取り付けたもので、ちょっと大きめのリヤカーのようなものだ。速さは徒歩と同じくらい。二キロの道をゴトゴトゴトゴトと二十分もかかって谷津田に着いた彼は、耕耘機を切り離して、トレーラーに乗せてきたロータリーをつけ、田んぼを耕しはじめた。広さは二反歩しかないのに、おさの数は十四枚もある棚田で、トラクターは危険で入れない。伝造が使っている七馬力の小さな耕耘機でもやっとのぼっていけるほどだった。

三十年ほど前までは、ここより上にさらに三反歩もの田があった。しかし日本が豊かになるにつれて、不便なところからすこしずつ放棄されていき、この沢の奥谷津《おくやつ》に今では伝造の田だけが生きている。

日当たりが悪い。太陽が権現山の尾根を越える十時ごろから、反対側の尾根に沈む三時ごろまでしか日が当たらない。

水が冷たい。沢水を引き入れるてっぺんのおさは、裸足《はだし》で作業をしていると、夏でも足が冷たくなってしびれてきた。

そんな条件だから、当然米は穫れなかった。ふだんでも基盤整備された下の田んぼの三分の二ぐらい、真夏の天気が悪ければ、その影響をもろに受けて、半作になってしまった。

それでも伝造は谷津田が好きだった。

沢水は冷たいがきれいで、飲んでもうまい。下のドブ田——生活排水が流れ込む低地の田を、伝造はそうよんでいた——なんか、飲むどころか、触るのも気持ちが悪い。空気がうまい。県道から三キロも離れているから、車の音も届かない。狭い舗装道路があるが、道は谷の入口で行き止まりで、進入してくる車もめったにない。

それになんと言っても景色がいい。谷津田の下に広がる田畑が見渡せるばかりか、盆地を囲んでいる山々も、朝夕は墨絵のように美しく霞んで見える。そのうえ伝造の田んぼのそばには大きな山桜の木があって、田んぼに水を張るころには毎年それが見事に咲くのだった。

「桜の枝が色っぽくなってきたわい」

耕耘機が桜のそばを通るときに、伝造はそう思った。蕾《つぼみ》はまだ硬かったが、枝にほんのりと赤みがさし、遠見にも木の全体が明るさを増しているようだった。

「あんな不便なところをよくやってるなあ。無理して働かねえでも、年金でおよしさんとの暮らしはたつべえ」と隆夫は言うけれど、無理なんかしていない。若いころは万能《まんのう》鍬《ぐわ》一本で四日もかけて耕したが、今では耕耘機を使って一日でできる。楽になったものだ、と伝造は思うのだ。彼は数日前の出来事を思いだした。

「売れば反当たり三百万、二反で六百万だ。伝さんとこは子どももいねえんだし、その金でのんびりゆっくり暮らしたほうがいいんじゃねえの？」

伝造が出した番茶をすすりながら、しばらく他愛のない世間話をしたあとで、隆夫が切りだした。

「なに、売りたくなけりゃ貸してもいいんだよ。会社のほうじゃ反当たり七万出すって言うから二反で十四万だ。米売ったって、あの田んぼじゃ十四万になんめえよ」

「わしは売る気もない。貸す気もない」

伝造はそっけなく言った。

「そう言っても伝さん、周りの者はみんな賛成してるんだ。米作るためならただでもだれも借りない谷津田を借りてもらって、七万も払ってくれるちゅうのは、願ってもない話だ。伝さんだけが反対して、話をぶちこわしちゃ、みんなに悪かっぺよ」

この谷津田を含む百ヘクタールほどの山麓をゴルフ場にするという計画が持ちあがったのは、二年ほど前のことだった。

里山や谷津田は荒れていくばかりで、精農家は草刈りだけはやっていたが、何も産み出さない仕事は気が重い。農家の子どもたちもたいてい勤めに出ていて、後継者もいなかったから、お荷物の山や田んぼを守ろうという者は少なかった。地代としても破格の条件だったので、百人近くもいる予定地の地権者は、ほとんどが計画に賛成していた。

しかしまだ十数人が態度を保留していた。県から開発の許可を得るためには九割以上の同意書を集めなければならず、開発会社の者や、会社から依頼された農協の理事らが、連日のように彼らの家を訪ねて、説得を重ねていた。とくに伝造の谷津田は、ゴルフ場のゲストハウスが建つ予定地で、彼の土地をはずして計画を進めることは難しかった。伝造と同じ小字《こあざ》に住む農協理事の隆夫が、彼の説得を任されていた。

「もう帰ってくれ。何べん来てもわしの気持ちは変わらない。その話ではもう来ないでくれ」

伝造は息子のような年の隆夫に乞うように言った。

「伝さん、変わってるなあ」

と隆夫は苦笑した。

「変わってるのはおまえたちだ。田んぼはな、子どもの代も、孫の代も、いつまでも米を産んでくれる。それを食ってこの先どれほどの人間が生きていけることか。六百万もらおうと、一千万もらおうと、金は使ってしまえばおしめえだ。それを考えりゃあ、とても見合わねえ端金《はしたがね》だ。田んぼを潰しちまうなんて、気違いの沙汰だ」

「だけんど伝さん、伝さんにゃその子どもがいねえじゃねえか」

「わしの子どものことを言ってるんじゃねえ」

そう言ったきり、伝造は押し黙った。隆夫は不愉快そうに帰っていった。

「子どもは授《さず》からなかったんだから仕方がねえ」と伝造は独りごちた。子どもがいれば、今ごろは隠居して孫の面倒みているかもしれねえが……養子をもらうことを考えたこともあったが、百姓の貧乏暮らしで、養子をくれとは言えんかった……わしは不器用で、外に勤めに行くなんぞ、できそうにもなかった。耕耘機を動かしながら、切れ切れにそんなことを思った。

谷津田はところどころ湧き水が染み出ていて、うっかりすると耕耘機が湿地にはまり込んでしまう。そういうところは残しておいて、後でゴムの車輪を鉄車輪に変えて耕さなければならない。また、田んぼの底に大きな岩が隠れており、その上を通ればロータリーの刃が岩にあたって跳ねあがる。場所によっては弾みで耕耘機が転落する危険もある。慣れない者にはそれらの見極めが難しいが、伝造は一枚一枚のおさの特徴をよく知っていて、巧みに耕耘機を進めていった。

突然耕耘機の前に一匹の蛙が飛びだした。伝造は慌てて耕耘機を止め、

「あぶねえ、あぶねえ、蛙のやつ起こしちまったわい」

と呟いた。耕耘機は仕事が速い代わりに、ロータリーに小動物を巻きこんでしばしば

殺した。そのたびに彼は「ナンマイダブ」と念仏を唱えるのだった。できれば鍬で耕したいが、寄る年波にはかなわねえと彼は思う。若いころ鍬の仕事は気持ちがよかった。熟練すれば手の延長のようになって、さほど重さも感じず、身体《からだ》のリズムのままに働くことができた。蛙を殺すこともなかった。機械の動きは速すぎて、伝造には事故が起きないように気を配って、ついていくのが精一杯だった。

蛙が遠ざかるのを見て、また耕耘機を走らせようとしたとき、

「弁当持ってきたよ」

女房の声が下のほうから聞こえ、伝造は耕耘機のスイッチを切った。唸り声のような機械音が消えて、谷に静寂が戻った。やがて畦越しによし子の顔が見えた。

「もうそんな時間か？」

「もうすぐお昼だよ。飯にすべえよ」

よし子は背負《せお》い籠《かご》を畦におろし、弁当の包みと魔法瓶を取りだした。彼女は家の掃除や洗濯を済ませ、二人分の弁当を作って、二キロの道を歩いてきたのだった。茶碗に番茶を注ぎ、竹の皮に包んだ握り飯の弁当を伝造に手渡した。竹の皮を開くと、鶯《うぐいす》色《いろ》の漬け菜に包まれた二つの大きな握り飯と、昨夜の残りらしいタケノコの煮物が現れた。

「高菜が漬かったから、包んでみたよ」と言ってよし子は微笑《ほほえ》んだ。彼は握り飯をひと

口食べると、

「高菜もうめえが、ここの米はうめえな」

と呟いた。谷津田は、収量は少ないが天然の養分を含んだ水が沢から流れこみ、うまい米ができた。「おれ家《げ》の米はおかずがいらねえ」それほどうまい、と伝造は口癖のように言った。

「隆夫さんから電話があったよ。きょう会社のえらい人が来るんだってさ。夕方隆夫さんが連れてくっから、家にいてくれってさ」

自分の弁当包みを開きながら、よし子が言った。

「来なくてもいいって言わなかったのか？」

「そう言ったんだけどね、わざわざ東京から来るんだから、会ってくれねえば困るって、隆夫さんえらい剣幕で言うんだよ」

「そんなもの、あっちの都合だ」

と言って伝造は不機嫌そうに押し黙った。

簡素な弁当を食べおわると、伝造はふたたび耕耘機を動かし、よし子は背負い籠から草刈り鎌を取り出して、畦の斜面に生えた雑草を刈った。

よし子の草刈りも初心者には真似のできない巧みな美しい技だった。よし子が動かす鎌の刃が草に触れると、硬いものも柔らかいものも根元を残して下に落ちた。近頃は草刈り鎌を使う者もなく、刈払い機で刈り落とすが、機械で均一に刈るのは難しい。ところどころ土まで削ってしまう。大雨で畦が水をかぶると、裸にされた土が流され、それが畦の崩落の一因になった。びっしりと生えた草の根が土をしっかりつかんで、畦を守っているのだ。

谷津田の狭い空に太陽が見えなくなると、二人はいつもよりすこし早めに仕事を切りあげて家に戻った。隆夫たちに会うのは気が重い時間だったが、開発会社にはっきり断るいい機会だと伝造は思った。

五時ごろ、黒塗りの車が前庭に入ってきて、後部座席から隆夫といっしょに恰幅《かっぷく》のいい初老の男が出てきた。口をへの字にして玄関先に出た伝造に、男は専務取締役の名刺を出し、

「お聞き及びでしょうが、ゴルフ場の予定地の件で、ご相談に来ました」

と挨拶して、運転手に合図をした。運転手がトランクを開けて、ビールのケースを運んできた。

「ビールがお好きだと窺《うかが》いましたので、お近づきのしるしにお納めください。これで買収しようという気はさらさらありませんから」

男は声をあげて笑った。慇懃《いんぎん》な言葉使いだが、目つきが鋭い男だった。

「こんなものは受け取れねえ」

伝造は即座に断ったが、その先のやりとりを遮《さえぎ》るように、

「大事な話があるんだ。立ち話じゃまずいから、ちょっと上がらせてもらいてえ」

と、隆夫はさっさと玄関に入ってしまった。広い玄関は土間になっていて、中央にテーブルと椅子が備えてある。野良着《のらぎ》でいることが多い老夫婦は、たいていの客にはその土間で応対したが、隆夫に頼まれて二人を座敷に通した。

大事な話というのは、土地の値段のことだった。会社はゲストハウスの予定地をぜひとも買い取りたいので、特別に反当たりで百万円上乗せし、四百万円にするというのだ。

「これはほかの地権者の方には内密にしていただきたいのです。すでに買わせていただいた方は不服でしょうし、すぐに同意しないで、値段をつりあげたと言われては、こちらさまも不本意でしょう」

男はちらりと敵意を見せて付け加えた。

「田んぼは売らねえ。四百万が五百万になっても同じだ。ビールの箱持って帰ってくれ」

「困りましたな。ゴルフ場はお宅の土地をはずしても造れるんですよ。すこしだけ設計を直す必要はありますが、周りはほとんど押さえてありますから、お宅の土地だけ田ん

ぼのままにして建設します。そうなると、どのみち田んぼを作るのも難しくなると思いますがねえ」

こんどははっきり脅すように言った。

「あと何年やれるかしらねえが、伝さんの体が動かなくなったら、作ってくれる者なんかだれもいねえぞ。あの田んぼの田んぼとしての相場はせいぜい二百万だ。だれが考えたって、今のうちに八百万手にしてのんびり暮らしたほうがいいと思うがなあ」

と隆夫が口を挟《はさ》んだ。

「金の問題じゃねえ。はっきり言わしてもらうが、わしはゴルフなんぞ大嫌いなんじゃ」

「まあ、今すぐ返事をいただかなくてもけっこうです。よくお考えになってご返事をください」

男は薄笑いを浮かべて席を立った。

押し付けるように置いていったビールを、伝造はつぎの日隆夫を呼んで引き取らせた。

「伝さんはまったく変わってるなあ」と、隆夫はこの前と同じことを言った。

「今どき田植え機も使わねえで、苗代《なわしろ》に短冊《たんざく》作って、じかに種播いているんだものなあ。長年やってきた田んぼへの愛着は、おれも理解できっけど、悪いけど時代錯誤だよ。おれも農協の理事として、どうやったら日本の農業を守れるか、いつも考えている。

東京の生協と提携して、採りたて野菜を直接供給しようとしている。消費者のニーズに合わせて減農薬の米を作る企画も進めているところだ」

「ゴルフ場造ることが、農業守ることになるのかい」

伝造はぶっきらぼうに言った。

「稲作で飯が食えなくなった原因は、日本人が米を食わなくなったことだかんね。生産性の低い谷津田までは、だれがやったって守れねえよ。荒れ放題の山や谷津田はレジャーや観光に使ってもらって、守るべき田畑《でんぱた》はきっちり守っていく。それがおれの考えだ」

「おまえたちは目先のことしか見えてねえ。ご先祖さまが米を作って生きてきたのは、もっともっと長い年月だっぺ」

「だからそんな時代じゃねえって言うんだよ」

終《しま》いにはそう言い捨てて、隆夫はビール箱を車に積んで帰っていった。


それから三日後の朝のことだった。伝造が納屋《なや》にいくと、耕耘機のタイヤがパンクしていた。二輪とも鋭利な刃物で切り裂かれ、タイヤごと交換しないと修理の仕様もない状態だった。

「ひでえことをしやがる」

伝造は怒りをあらわにした。寝ているあいだのことで証拠はないが、だれが何のためにやったかは見当がついた。開発会社の者か村の賛成派の者か、いずれにせよ伝造に田んぼを作らせまいとする嫌がらせだった。

駐在所に連絡をすると、若い警官はすぐに飛んできたが、つまらなそうに被害届を書いて持ち帰っただけだった。ゴルフ場にまつわる事情は説明したが、捜査などしそうもなかった。

「あんた、あの田んぼ売ってしまおうよ」

騒ぎで遅くなった朝食を済ませ、伝造の湯飲みにお茶を注ぎながらよし子が言った。

「ゆうべ布団の中で考えたんだけどね。隆夫さんの言い草は気にいらねえが、あの人の言うとおり、あんたもわたしも年取って、あと何年やれるかわからない。跡継ぎもいねえし、わたしらがやめたらあの難しい田んぼをやる人はだれもいめえよ。どっちみち荒れるんなら、値《ね》のいいゴルフ場に売ってもいいんじゃねえの？」

よし子の言葉に応えずに、伝造はしばらく押し黙っていたが、やがて遠くを見るような目をして言った。

「上の兄貴はノモンハンで戦死した。下の兄貴はレイテ島で死んだ。召集受けて村を出ていくときにな、二人とも『お国のために一生懸命働いてきます』と言うとったよ。二人とも、お国のために死んだんじゃ。わしは尋常小学校出て、馬車曳きの手伝いをやっとったが、幸か不幸か肋膜《ろくまく》を患《わずら》って、戦地には行かなかった。

敗戦で世の中変わっちまって、兄貴らは侵略のお先棒《さきぼう》担いで死んでいったように言うやつらもいてな、わしは悔しくて、それからわしなりに勉強もした。考えてもみた。

国というのは天皇陛下ではない。大日本帝国でもない。兄貴たちが守ろうとした国は、あの田んぼなんじゃ。あの田んぼで、ご先祖さまたちが生き代わり死に代わりして米を作って暮らしてきた。兄貴たちはその暮らしを守りたかったんじゃ。ロシア人やアメリカ人にあの田んぼが踏みにじられんように、あの田んぼを守るために死んでいったんじゃ。

だからな、よし子よ、わしがゴルフ場に田んぼを売ったら、兄貴たちに申し訳ねえ。あの世で兄貴たちに会ったときに、合わせる顔がねえじゃねえか。

わしとおまえの暮らしは今のままでも不足はねえ。買うものったって、味噌醤油に二人の好きな塩引きぐれえのもんだ。それに晩酌のビールか、ははは。わしはまだまだ働ける。あと何年できるか、いずれできなくなることはわしもわかっているが……いよいよ体が動かなくなったら、二人して養老院へでも行くべえよ」

夫の真剣な眼差しに気づいて、

「わかったよ、あんたの気のすむようにしたらいい」とよし子は言った。「でも、体だけは気をつけておくれよ。わたしゃゴルフ場の人らがなんだか怖いんだよ」

三

つぎの日から、伝造は夕食を終えると地権者たちの家を回りはじめた。田んぼを守ることは戦死した兄たちの思いを引き継ぎ、彼らの死を犬死《いぬじに》にしないことだと伝造は思った。「これは、肋膜で戦地に行かなかったわしの戦場だ。ゴルフ場を造らせねえために、わしにできることは何でもしよう」と伝造は決心したのだった。

この村にも市民運動をする若者たちがおり、彼らが作っている「環境を守る会」が、ゴルフ場建設の反対運動をやっていた。反対の署名運動をしたり、「ゴルフ場問題を考える集い」という集会を開いたりしていた。伝造のところにも島村という近所の青年がときどきやってきて、自然環境への影響を語り、集会の案内を置いていった。しかし今まで、彼は集会に参加したことはなかった。

環境を守る会は共産党だと、隆夫が言っていた。伝造にはそんなことはどうでもよかったが、自分がゴルフ場に反対なのは、自然保護のためではない。そして、自分の思いを話したところで、若い人たちにわかってもらえるとは思えなかった。

訪ねていった家で、

「伝造さんも環境を守る会に入ったのかね」

と冷やかし半分に訊《き》かれて、

「いいや、わしは田んぼを守りたいだけですじゃ。わしひとりの考えで歩いていますんじゃ。どうかゴルフ場に田んぼを売らねえでもらいてえんです。今は米あまりだそうじゃが、いつか必ず谷津田が必要になる時代が来る。荒らしておくのはまだいいですけれど、ゴルフ場にしちまったら、もう二度と田んぼには戻せねえです」

と彼は真顔で応えた。

「大きなお世話だ。じいさんいつから共産党になったんだ」

と、けんもほろろに追い返す者もいたが、大方は好意的で、酒を出したりお茶を出したりして、伝造のひたむきな訴えを聞いてくれた。

島村が置いていったチラシを見て、公民館で開かれる第三回の「ゴルフ場問題を考える集い」に行ってみる気になったのは、情勢を知りたかったからだった。戸別訪問をしても、相手は土地をすでに売ってしまったのか、貸してしまったのか、同意書に判を押したのか、それをはっきり教えてくれる者は少なかった。

公民館には六十人ぐらいの老若男女《ろうにゃくなんにょ》が集まっていたが、たいていは見知らぬ顔だった。それでもちらほらと地権者の農民も坐っていて、伝造は挨拶を交わした。

「お手元の資料はY大学の調査結果ですが、ゴルフ場に撒かれた農薬は、なんと十キロメートルも遠くまで飛散しているのです。この村全体の空気が汚されるわけです。また、村ではまだ飲料水として井戸水を使っている家庭も多いのですが、上流にゴルフ場ができますと、地下水の汚染も心配です」

守る会の若者が環境問題を訴えていた。後ろのほうに空席を見つけて坐ると、島村が伝造に気づいて近寄ってきた。

「よく来てくれましたね。田沢さんがゴルフ場建設に反対しているのは、みんな知っています。あとでひと言お話してください」

「わしは様子を見にきただけじゃ」

「あの人たち、会社に依頼された写真屋が、ビデオを撮っているんです」

島村が後ろにいる男たちを指差した。最後列で、二人の男が三脚につけたビデオカメラを回している。

「ああやって、だれが集会に出たかを記録して、嫌がらせをしているんですよ。同意書を出した地権者には、あとでいろいろ言いに行くんでしょうね。せっかく来たのに、あれを見て帰ってしまう人もいます」

「卑劣なやつらだ」

伝造は独りごとのように呟いた。

それから五、六人の男女がつぎつぎに意見を発表した。里山や谷津田が洪水防止の役割を果たしていると説く者、ふるさとの美しい景観を守れと言う者、ゴルフ場の会員権が利殖に使われていることを批判する者、「ゴルフ場問題を考える集い」と題しているが、中身は反対派の集会で、賛成意見を述べる者はいない。

一般論が終わったあとで、最後に弁護士だという環境を守る会の代表が現在の情勢を説明した。

「開発会社からの情報が得られませんので、正確には申し上げられませんが、九割に近い同意書を集めているものの、まだ九割には達していないようです。環境アセスメントなど、ほかの資料は整っているのに、いまだ最終的な申請が出されていないのは、同意書が足りないせいだと思われます。

現在、県内に二十数件のゴルフ場開発計画がありまして、建設ラッシュの状態です。これに対応するため、県では六月の末までで凍結する方針です。つまりそれ以降は申請を出しても許可されないので、これから約三か月が正念場です。会社のほうでは、態度を決めていない地権者にいっそうの攻勢をかけてくるでしょう。われわれとしても、彼らを支え、逆に一人でも多くの方に同意書を撤回していただくように運動したいと思います」

一般論のときは退屈そうに聞いていた参加者たちに、緊張した空気が流れ、地権者の一人が手を挙げて質問した。

「同意書を撤回して、ゴルフ場がおじゃんになっちまったら、会社は大損害で、撤回した者を裁判に訴えるっていう話だ。あんたら勝手なことを言うけれど、損害の責任とらされたら大変ではねえですか」

「いったん同意書を出しましても、問題をよく理解した結果、同意書を撤回しても法的になんら問題はありません。もちろん、あとで経済的な責任を問われる心配はありません。会社はすでにかなりの土地を買収しているようですが、それは違法でして、法的には、百ヘクタール以上の大規模開発の場合、九割以上の同意書を集め、県の開発許可を得てから、はじめて買収が許されるのです。したがいまして、同意書撤回による経済的な損害などを裁判に訴えても、会社が勝つ見込みはありません」

代表の話が終わったとき、島村が司会者に近寄って何やら耳打ちした。司会者が、

「本日は地権者のお一人でゴルフ場の建設に反対なさっている田沢さんがおいでです。ぜひご意見を窺いたいと思います」

と伝造の発言を求めた。伝造はすこし躊躇《ちゅうちょ》して周りを見回したが、ワイヤレスマイクを渡されると立ちあがって言った。

「わしは口下手でうまく言えねえが、わしが田んぼを売らねえのは、田んぼはわしのものではねえからだ。わしの名義になってはいるが、田んぼはわしの勝手にできるものじゃねえと思っている。

ご先祖さまがずっと米作って生きてきた。子孫がまたずっと米作って生きていく。わしはご先祖さまや子孫からいっとき田んぼを預かっているだけじゃ。わしら夫婦には子どもがいねえから、わしらが死んだら田んぼは親戚のものになるが、だからといって勝手にしていいものではあるめえ。長いあいだには、ご先祖さまにもそんなことはたびたびあったこったろう。子どもがいねえから、あとは野となれ山となれで売っちまうなんて、昔はだれも考えなかった。

田んぼを潰してゴルフ場なんぞにしてしまったら、日本人がいつかきっと飢えることになる。これは国を売るのと同じだ。ご先祖さまがどれだけ苦労して田んぼにしたか、今の日本人は忘れてしまったが、今にきっと罰《ばち》が当たる」

尻切れトンボのように伝造の話は終わった。彼の予期せぬ言葉に呆気《あっけ》にとられて、会場は一瞬静まりかえったが、やがてあちこちで拍手が起きた。

四

いつものように耕耘機にトレーラーをつけて、伝造は谷津田に向かった。

満開の山桜が散りはじめていた。彼は二日前から畦塗りをやっている。田鍬《たぐわ》で畦を削り、万能で溝をつけて、水を引き入れる。水が溜まったところをきのうのうちに耕耘機でかき回し、泥状にして、水分が適当に減ったきょうは、それを畦に塗りつける。そうするとさらに下まで水が溜まるようになる。段差のある谷津田は水が漏れやすく、順番に畦を塗っていって、ようやく全体に水を引くことができた。伝造の畦塗りは名人芸だった。今年七十二になる伝造が、軽やかにリズミカルに進んでいく。塗りあげた畦はほとんど凸凹《おうとつ》もなく、緩やかな美しい曲線を描いている。山桜の花びらが塗ったばかりのつやつやした畦の上に散っているのも美しい。塗り終わったおさは、つぎつぎに真顔になる。冬のあいだはだらしなく遊んでいたのが、真顔になって「さあ、今年もがんばりましょうや」と話しかけてくるようだった。

きょうはよし子が実家に行くので、伝造は弁当を持って一人で来た。実家を継いでいる甥の長女が小学校に入学するらしい。よし子は朝早くから赤飯を炊き、伝造の弁当にもそれを詰めた。弁当には卵焼きと缶ビールが加えてあった。畦塗りや代掻《しろか》きなど、ふだんよりきつい仕事のときには、よし子は伝造の好きなビールを持たせてやるのだった。

弁当を食べおわると、食休みに伝造は山に入っていった。ワラビや山のアスパラといわれるシオデを摘むためだ。杉林の道沿いにツンツンと大小のシオデが生えていた。杉林を抜けると日当たりの良い雑木山があり、ワラビはその辺りにたくさん生えていた。持ってきた小さなビニール袋にいっぱい摘んで戻ってきたが、三十分も経っていない。野菜が乏しいこの時期、さまざまな山菜が彼らの食卓を豊かにしてくれた。

きのう下準備をしたところを塗り終え、あしたやるところを耕耘機でかき回すと、陽はとっくに沈んで、辺りは薄暗くなっていた。

「遅くなってしまったわい。よし子が帰ってきて心配しているじゃろう」と思いながら、いそいでロータリーをはずしてトレーラーをつけ、家路についた。

途《みち》の半ばまできたとき、伝造は突然うしろからドンと強い衝撃を受けて、座席から放りだされた。耕耘機の音がうるさくて、車が近寄ってきたのに気づかなかった。トレーラーの後ろから二トントラックに追突されて、ふっ飛ばされてしまったのだ。辺りに家もない、人通りもない谷あいの農道だった。追突したトラックはターンして逃げ去った。伝造は意識を失わずにそれを見ていたが、脚が痛くて動けなかった。

戻ってこない夫を心配して迎えに来たよし子が、農道の端でうずくまっている伝造を発見し、救急車を呼んだ。幸い頭や内臓は負傷していなかったが、右ひざの骨折で、全治三か月の大怪我だった。

耕耘機のパンクとは違って、人身事故の当て逃げ事件だったから、今度は警察も捜査に乗り出したが、逃げたトラックは見つからなかった。ゴルフ場がらみに違いない、と村人も警察も考えたが証拠がない。開発会社はトラックを所有していないし、この村の土建屋のものでもなかった。捜査はうやむやに終わってしまいそうだった。

ひざの負傷で伝造は彼の戦場からの退却を余儀なくされた。しかしこの事件は戦況を大きく動かした。

伝造が入院して十日後、環境を守る会の若者たちが病院に見舞いにやってきて、伝造の谷津田を自分たちに手伝わせて欲しいと申しでた。大気汚染だの、水の汚染だのと、今までは自分たちの環境しか問題にしていなかったが、伝造の言葉で田んぼを守ることは、国を守ることだと気づいたのだと言う。

「ゴルフ場開発がなくても、田んぼがどんどん潰されていますよね。ゴルフ場阻止しても、田んぼを守らなければ何にもならないな、問題は僕たちの暮らし方にあるんだなって話し合いました。僕らだって、愛国心はもっているんですよ」

島村が明るい声で言った。

田ごしらえの途中の災難で、伝造は今年の田んぼをどうしたものか困っていた。米は籾米《もみごめ》で十分に貯蔵してあって、今年一年米を作らなくても飢える心配はない。近頃世間では、コンバインで米を強引にむしりとり、熱風に晒《さら》して急速乾燥し、そのうえ玄米にして貯蔵するので、米が死んでしまって一年半もすれば変質してしまう。しかし昔のやり方をかたくなに守っている伝造の家では、米が生きているから、三年経っても四年経っても、おいしく食べられる。新米は神棚にあげるときにすこしだけいただき、ふだんは古い米から食べているのだった。

しかし、せっかく育てた苗を捨ててしまうのも申し訳がない。休耕すれば田んぼも荒れてしまう。伝造は若者たちの申し出が嬉しかったが、

「ありがてえ話だが、あと二か月、今はゴルフ場の方が大事だ。わしの田んぼのことより、ゴルフ場ができんように、頑張ってもらいてえ」

と言った。

「ゴルフ場の方も、もちろんやります。みんなで相談したんだけど、二人ずつペアになって、地権者の家を一軒一軒歩くことにしました。そうして田沢さんの思いを伝えていきたいです。僕らも仕事持ってるけど、ゴルフ場のことは夜に、田沢さんの田んぼは休みの日にやるつもりだから、両方できますよ」

「わしの田んぼは、苗取りやって、手で植えるんだ。あんたらには大変な仕事だ」

「それは親父《おやじ》から聞いてます。頭数は集めますから、おばあさんに教わってやりますよ。でも、田沢さんの田んぼは今どきどうして手植えなんですか。二条植えの田植え機なら、たいていの家の倉庫に眠ってるから、ただで手に入るでしょう？」

「ははは。ばあさんと二人でやると四日はかかるが、わしらにはちょうどいい量の仕事だから、機械を使わないだけじゃ。早く終わらせても別にいいことはない。それにな、あんたらは笑うかも知れねえが、今は金持ちの日本人も、いつかきっと貧乏になって、昔のやり方がいいっていうことになる。わしはそう思っているんじゃ。ははは」

伝造は前歯が抜けた歯を見せて笑った。

「この人、若いころから変わり者って言われてるのよ。でも昔と違って、朝から晩まで目一杯働かないと食べていけないわけじゃなし、のんびりやるなら昔の手仕事もけっこう面白いよ」

と、よし子がくつくつと笑いながら言った。

「特別礼もできねえが、そんじゃ頼むことにすっか。出来秋《できあき》には、穫れた米をすこしずつ食ってもらうべえ。おれ家《げ》の米はおかずがいらねえぞ。ははは」

こうして今年の田んぼは、若者たちに手伝ってもらうことになった。休日ごとに四、五人の若者が来るので、よし子は彼らの弁当を作ったり、仕事の指示をしたり忙しくなったが、楽しそうだった。

「わたしは耕耘機を使ったことないから、教えることできねえけど、島村さんの同級生で農協の機械部で働いている岡野って人が来てね、半日教えてくれたらみんなできるようになった。若い人は覚えが早いねえ」

「あそこは岩が隠れてっから、よっぽど注意しねえとあぶねえぞ」

「それも岡野さんが教えていたよ。畔塗《くろ》りはわたしがやって見せたっけが、まあ、でこぼこだけど、若い人は力があっからね。分厚く塗ってもらったから、水は漏れねえと思うよ。何とかできそうだから、心配しなくてもいいよ」

伝造に茶をいれながら、よし子は弾んだ声で言った。

「人数が多いと弁当の用意も大変だっぺ？」

と伝造は妻をいたわった。

「あんたに作る弁当とおんなじで、別に特別なことしねえもの。一人で四つ食う人もいて、いっぱい作らねばなんねえが、米と梅干しはたくさんあっからね。きのうは塩引きも入れてやったが……みんな、うまいうまいって言ってくれるよ。『たしかに、田沢さんちの米は、おかずがいらねえな』ってみんな笑っていたよ」

「はははは」

と二人で笑った。


追突事件の後の、もうひとつの予想外の出来事は、ひと月ほどして隆夫から長い手紙をもらったことだった。伝造は年齢のわりに早い回復で、すでにギブスも取れ、リハビリ室から戻ったときに、その手紙をよし子から渡された。

拝啓
怪我をされた脚の具合はいかがですか。
これまでのこと、どうか勘弁してください。会社のやつらがここまでやるなんて、思ってもみませんでした。私もたしかな証拠を握っているわけではないですが、伝造さんが地権者の家を訪ね歩いていることを怒っていましたから、会社の仕業に違いありません。あいつらは上辺は紳士面をしているが、中身はやくざです。

当て逃げ事件が起きるより前に、伝造さんの行動は会社に打撃を与えていました。というのは、開発許可に必要な九割の同意まで、あと数人に達していたのに、態度を保留していた人たちをかたくなにしただけでなく、何人かの同意書撤回を生んだのです。伝造さんと小学校の同窓だった私の叔父、大原稔もその一人です。

稔叔父が弁護士に頼んで、同意書撤回を通知してきたという話を、会社の者から聞かされ、私はあわてて彼の家を訪ねました。叔父の同意書は、私が頼んで出してもらったのです。その叔父が言うには、伝造さんが何度も足を運ぶので、ある晩いっしょに酒を飲んだそうですが、そのとき戦死した二人のお兄さんたちの話になったとか……彼らが田んぼを守るために死んでいったのだという伝造さんの言葉が、終戦のとき一《いっ》兵卒《ぺいそつ》として外地にいた叔父の胸に深く突き刺さったそうです。

ご存知と思いますが新宅《しんたく》の叔父は戦前から小学校の教員をやっていて、戦局が厳しくなってから召集を受け、中国に行きました。戦後も教員に復帰し、農業は日曜農業で、二反歩の田で飯米《はんまい》を作るだけでした。そして戦争中の体験を話すことなどまったくない人でしたが、戦後の風潮に対して納得ができない思いをずっともちつづけていたみたいです。いやいや行った兵隊だが、どこかに、自分から進んで行きたかったのだという思いも否定できなかった。「お国のため」を「田んぼを守るため」と言い換えた伝造さんの言葉で、その思いが何なのかわかったと言っていました。

「日本が工業化して、多くの者が外に勤めるようになって、村の暮らしも豊かになった。しかしこの豊かさはいつまでつづくかわからない。激しい競争に勝ちつづけなければつづけられない豊かさだからな。親たちが田んぼで米を作って生きてきた暮らしは、これは何百年もつづいてきた、変わらないものだ。その変わらない暮らしを守りたかったのだ。それがわかった」と、叔父は言っていました。

「わし一人がいい恰好をして、みんなの儲け話を邪魔しているという者もいるが、昔の百姓なら、みんなわしと同じことを考えたんじゃねえかな。稔さん、これが、時代が変わったっていうことかねえ」

伝造さんのその言葉を聞いたとき、叔父は無性に恥ずかしくなって、同意書の撤回を決心したそうです。「自分は時代の変化に乗り遅れまいとして必死に勉強して教員になったが、親たちがやってきた暮らしの方が本物の暮らしじゃないのか。伝造さんは親たちがやってきたことを今もやっている最後の百姓だ。だから、田んぼ潰してゴルフ場を造ることの危うさがよく見えたんだよ。それがわしには見えなかった。それが恥ずかしかった」と叔父は言っていました。私はもっと恥ずかしいです。「みんなの儲け話を邪魔している」と伝造さんに言ったのはこの私ですものね。どうか勘弁してください。

叔父はまた「伝さんは憂国《ゆうこく》の士だな。今の世の中、新聞読んでもテレビを見ても金、金、金だ。目先の利益を求めるばっかりで、このままじゃどんな国になってしまうかわからん。それを見抜いて進むべき道を教えるのが憂国の士ってもんだろう」とも話していました。「伝さんにもそう言ったら、ユウコクノシってどんな意味だと訊くんだ。それで、国の有りようを憂《うれ》えて、国の未来のために行動する人のことだ、と説明したらな、そんな大げさなもんじゃねえ。おれは文字を知らねえ百姓の老いぼれだから、せいぜいひらがなの『ゆうこく』だなと言うんだよ」叔父は笑っていましたが、私も伝造さんは憂国の士だと思います。体を張ってこの村を取り返しがつかないことになる過《あやま》ちから守ってくれたのですから。

私は伝造さんのおかげで父と親子喧嘩をしてしまいました。叔父から伝造さんの言動を聞いたのでしょう。十年ほど前に隠居してから、私の振る舞いに一度も口出ししたことがなかった父に、ゴルフ場のために歩いていることを叱られました。まるで青年の息子に説教するみたいに……。

私が会社に協力していたのは、実は農協に大口の預金をしてくれるという約束があったからでした。また百ヘクタールもの広大な面積ですから、管理に使う除草剤なども大量で、いいお得意さんにもなるはずでした。「組合長がおれのことを後継者に押すって言ってるんだよ。ゴルフ場会社の預金が取れれば、実績ができて、おれの組合長就任に反対する者もまずいなくなる。そのために頑張ってるんだよ」と私は言い訳をしましたが、父は、「ゴルフ場の手先にならなければ組合長になれねえなら、組合長なんぞにならんでいい。百姓の心を失って、田んぼを潰して、立派な組合長になれるわけもあるめえ」と、穏やかな父がいつになく激しい口調でした。

「今まで黙っていたが、おまえがゴルフ場に山を売ってしまったことも、わしは反対じゃった」とも言われました。私は娘の恵子が東京の大学に行きたがっているので、まとまった金が必要だったことを話しましたが、「それはおめえの見栄でねえか。娘を大学生にして遊ばすために、山を売るなんざ、ご先祖さまが聞いたらなんて思うことか」と言って、収まりません。「そんな封建的な言い草が通る時代じゃねえよ」と私は反論しましたが、後になって考えれば、伝造さんや稔叔父や親父に共通している思いに、何か大事なものがあるのに、それが私は自分の欲や体面で見えなくなっていたようです。

伝造さんの言動は老人たちのしぼんだ心に、カンフル注射になったみたいです。百姓じゃ飯が食えずに、若い者は会社勤めで金を稼いでくるようになって、そして百姓の仕事そのものも機械化されて、昔の技術が見向きもされなくなって、老人は価値のないものにされてしまった。ゲートボールやったりカラオケやったり、一見すると楽隠居のように見えるが、自分がやってきた暮らしに誇りを持っている人なら、決して楽しんじゃいなかったでしょう。ゴルフ場に山を売ってしまった者は、何人も伝造さんのおかげで年寄りに意見されたと苦笑《にがわら》いをしていました。

老人たちの思いを失ってはいけないと今になって思います。老人たちが親から受け継いできた「ゆうこく」の心が、村が歪んでしまわないように村を守ってきた。それがまた、国が歪まないように、この国を守ってきたのだと思います。ゴルフ場に協力していた私がこんなことを言うのは、おこがましいと言われそうですが、今は心底《しんそこ》後悔しています。

長々と書いてしまいましたが、会社は大詰めになって同意書を撤回する者が現れて、慌てたようです。当て逃げ事件は、暴力で脅して翻意《ほんい》する者が増えるのを食い止めようとしたのでしょうが、これも逆効果でした。事件を伝え聞いた県の担当者も態度を硬化させ、すでに集めた同意書に不備があると連絡してきたのです。山の権利証がすでに死んだ者の名前のままになっている場合も少なくなく、その場合は相続に関係するあらゆる人間の同意が必要だというのです。

会社のほうから見たら無理難題を吹っ掛けられたようなものですが、これで九割の同意書を集めることは難しくなりました。ゴルフ場は、県の審査で不許可になると思います。それをお伝えしたくて、一筆啓上しました。

これまでのこと、本当に申し訳ありませんでした。一日も早いご快復を祈っています。

敬具

五月十六日

大原隆夫

伝造はベッドに腰かけて手紙を読み終えると、黙ってよし子に渡した。よし子はそれを読み、こみ上げてくるものをこらえて、

「あんた、よかったね」

とだけ言った。

青い粉

「来た」

ケンジは読んでいた本を枕元に置き、フーッと大きな息をつきました。まるで軍隊の行進のように、床を鳴らす靴音や車輪のきしむ音が次第に大きくなってきて、部屋のなかは張りつめた空気が漂いはじめます。ヨッちゃんはもう頭からすっぽり毛布を被《かぶ》って、体を硬くしているようです。

「きょうは検査がある日よ。痛いのは麻酔の注射だけ、最初のちょっとのあいだだけだから、頑張ってね」

ベッドの周《まわ》りを整理していたお母さんが、振りむいて言いました。ケンジが返事する間もなく、バーンと扉が開かれ、四人の看護婦を引き連れて先生が入ってきました。大小の注射器や鋏《はさみ》や薬品を満載した包交車《ほうこうしゃ》が、後ろで冷たく光っています。

「気分はどうかね」

「別に……いつもと変わりません」

ケンジは大人びた口調で、そっけなく応えました。

「新しい帽子だね。これは自然でいいな。これなら遠見には坊主頭と同じに見えるよ」

先生はケンジが被っていた黒い毛糸の帽子を、ヒョイとつまみあげて言いました。

「心配しなくても治療が終わって薬を飲まなくなったら、すぐに生《は》えてくるからね。しばらくの辛抱だ」

やがて、脊髄穿刺《せんし》による検査が始まりました。ベッドの上に腹ばいになり、布団に顔を埋め、背中を突きだしてウサギのように丸くなると、ケンジは自分が肉のかたまりになったような気分でした。いや、ケンジはみずから、「これからしばらくは、肉のかたまりなのだ」と思うようにしているのです。

二人の看護婦に両脇から押さえつけられ、背骨に注射針が突き立てられるとき、はじめのうちはケンジも泣いたり悲鳴をあげたりしました。でも何回も同じ苦痛を受けるうちに、ケンジは気づいたのです。注射針を怖いと思い、逃げたいと思うと、注射はうんと痛いのです。やる前から頭がクラクラして、冷や汗が出てくるほどです。ケンジは、ベッドの上に腹ばいになっているのはケンジではなく、肉のかたまりだと思うことにしました。注射をされても切り裂かれてもどうでもよい肉のかたまりです。そうして、数十分の骨髄注射が終わったとき、肉のかたまりはもとのケンジになるのです。ケンジの時間は、注射の時間を跳びこしてつながるのです。

このうまい対応を発見してから、ケンジは泣かなくなりました。実際なぜか痛みもずっと少なくなったのです。

「がまん強い子だ」

「ケンジくん、よくがんばったわねえ」

ガチャガチャと歯の浮くような音をたてて器具を片づけながら、婦長さんが言いました。ケンジは聞こえないふりをしました。

先生がヨッちゃんのベッドのほうに移ると、ヨッちゃんは注射をする前から泣きわめいています。パジャマを着なおしていたケンジは、お母さんの顔をちらっと覗きました。お母さんは満足そうにほほえんでいました。それを見て、ケンジもすこし嬉しくなりました。

十一月の中頃の、よく晴れた日曜日のことでした。日曜日には回診も点滴もなく、それだけでケンジは機嫌が良いのですが、めずらしく体温も平熱で、気持ちのよい日でした。

「ケンジ、お母さんちょっと家に帰ってくるわね。午後からはお父さんも来てくださるわよ。それまで、屋上で日向《ひなた》ぼっこでもするといいわ。きょうは外のほうが暖かいわよ」

そう言いのこして、お母さんは洗濯物のつまった紙袋をさげて、病室を出ていきました。同室のヨッちゃんは、経過が良いらしく、昨夜から外泊を許されて家に帰っています。一人になると、病室はガランとして、急に広くなったようでした。窓ごしに秋の日が深く射《さ》し入って、反対側の白壁に、カーテンの影が陽炎《かげろう》のようにゆらめいています。ケンジはベッドに仰向けになって、読みかけの童話を開きました。それは宮沢賢治の『どんぐりと山猫』で、主人公の少年が、どんぐりの裁判に判決をくだすところです。

「山猫が話をするのはまだいいけど、栗の木やどんぐりが口をきくのは、へんだな」

ケンジはそう思いましたが、一郎少年の判決は気に入りました。「どのどんぐりがいちばんえらいか？」という裁判で、一郎少年は「いちばんばかで、めちゃくちゃで、まるでなっていないようなのが、いちばんえらい」と言うのです。そして、その判決を聞いて、言い争っていたどんぐりたちはみなシーンとして、かたまってしまうのです。

物語を読みおえると、ケンジは一郎少年の判決だけを繰り返して読みました。三度目は声を出して読みました。

「いちばんばかで、めちゃくちゃで、まるでなっていないようなのが、いちばんえらい」

ケンジはなぜかとても愉快な気分でした。次の物語を読みすすむ気にはなれません。お母さんの言葉を思いだして、本をベッドの上に放りだしました。

屋上にはパジャマ姿の先客がいました。ひと足ひと足をたしかめて亀のように歩いている老人や、付添婦《つきそいふ》に腕を抱えられたまま、ぼんやりと遠くを眺めている老婆や、ベンチに坐って新聞を広げている女の人、思い思いに暖かい日射しを楽しんでいます。

ケンジは大通りに面した東側にまっすぐ歩いていって、金網にとりつきました。金網ごしに下を見ると、トウカエデの並木が見えました。トウカエデは、ようやく上のほうから紅葉しはじめ、サンゴ色の葉が緑の葉群れの上でさざ波のように照り返しています。

「きれいだなあ」とケンジは思いました。そしてすこし悲しくなりました。

けたたましい音を立てて、車道を二台のオートバイが通りました。乳母車を押して、歩道を若いお母さんが通りました。小さな虫のように視界を通過していく人たちを、真上から眺めて、ケンジはいつまでも飽きませんでした。

しばらくすると、向こうからケンジと同じ年くらいの女の子が三人、たがいに横を向いたり後ろを振りむいたりして、おしゃべりをしながらやってきました。

「今度は、いつ退院できるのかしら……」

とケンジはつぶやきました。小学校二年生のときから入退院を繰り返して、六年生になった今、ケンジは自分の病気がだんだん悪くなっているのを知っていました。学校の勉強も、気が向くと教科書を開いてみますが、一年の半分も病院暮らしのケンジにはよくわかりません。お母さんに訊《き》けば教えてくれますが、お母さんのほうから「勉強しなさい」と言うことも、ついぞありませんでした。小さくなっていく女の子たちの姿を天上から盗み見ながら、ケンジは悲しくなりました。ケンジはすこし吐き気を感じて、

「やっぱり、秋は嫌だな。春のほうがいいな」

と思いました。春は病院の芝生の上に寝そべっていると、何もしないでも、このままでいいような気がしました。ところが秋は、ベッドに寝ていても、景色を見ていても、つぎつぎにいろんな考えが浮かんできて、しまいには吐き気が起こるのです。

「まるでなっていないようなのが、いちばんえらい」

と小声で言ってみましたが、ますます悲しくなるばかりです。ケンジは通りの見えない、一番奥まったベンチに走っていって、天を仰ぎました。眩しい太陽に出遇って目を閉じると、あふれた涙が頬を流れ落ちました。

「ケンジさん、ケンジさん」

暖かい日差しの下でいつの間にかうとうととしていたケンジは、自分の名前を呼ぶ声で

我に返りました。しかし辺りを見ると姿がありません。さっきまで日向ぼっこをしていた人たちも、だれもいませんでした。

「ケンジさん、ここですよ」

たしかに呼ぶ声がします。声のほうをよく見ると、ベンチの真下の影のなかに、まっ黒なネズミがいて、丸い優しそうな目をケンジのほうに向けていました。ケンジは一瞬ギョッとしましたが、平静を装って言いました。

「なんだネズミじゃないか。どうして僕の名前を知っているんだい？　僕に何の用だい？」

「驚かせてすみません。わたしはクマネズミのノワルと申します。当病院クマネズミ族の族長を仰せつかっております。オホン。ネズミたちは、ドクター・ノワルと呼んでいますがね、まあ、それはどうでもよろしい。

わたしらは毎晩夜更けになると病院じゅうを走りまわってますからね、この病院のことなら何でも知っているんです。たとえば、隣のヨシヒロさんはきのうから外泊でしょう。昨夜は松本先生が宿直で、急患が二人もあって大騒ぎだったんですよ」

ケンジは昨夜ひと眠りしてからサイレンの音で目を覚ましたのを思いだしました。

「ネズミの、えーと……」

「族長です。クマネズミ族を指導して、クマネズミ族の平和と繁栄のために、私心《ししん》を捨てて働いております。要するに、オホン、一番偉いんです」

「その族長が僕に何の用だい？」

「ケンジさんに、ぜひ見ていただきたいものがあるんですよ。前から見ていただきたかったんですがね、きょうまでチャンスがなかったんです。ケンジさんなら安心だが、口の軽い奴らに知られて、噂が広まったらたいへんですから。何、別に怖いものじゃありません」

「僕には怖いものなんてないよ。だって、僕はもうすぐ死ぬんだからね」

今まで何百回も頭のなかに浮かびながら、一度も口にしたことのない言葉が、何のためらいもなくスーッと出たので、ケンジは自分で驚いてしまいました。ところがネズミのほうはケンジの言葉に動じる様子もなく、

「ケンジさんの勇敢さは、わたしたちもよく知っているつもりです。あの忌《い》まわしい骨髄注射にじっと堪えているお姿を拝見して、わたしらもケンジさんに白羽の矢をたてたんですよ」

と言うなりケンジの膝に跳びのり、するすると服を伝って肩の上に乗ってしまいました。

「ご足労ですが、地階まで降りてください」

とネズミのノワルは耳元でささやきました。

「一階まではエレベーターを使って、そこからは奥の階段を歩いて降りたほうが、人目につきません。わたしはポケットに隠れさせていただきますが、くれぐれも他の人に気づかれないようにね」

ノワルはケンジのパジャマのポケットに潜《もぐ》りこみました。

ケンジは指示どおりエレベーターで降りていきました。途中から顔見知りの看護婦が乗ってきて、「あら、ケンジくん、一人でどこへ行くの？」と訊きましたが、ケンジはとっさに「テレビを見にいくの」と言ってごまかしました。一階のロビーには大型のテレビが置いてあります。ふだんは順番待ちの外来患者が見ていますが、休診日には入院患者が見にいくのでした。

「きょうはマラソンの中継があるのよね。ケンジくんはスポーツ見るの好き？」

「うん」

右ポケットの膨らみに気づかれないように、ケンジはそっと左側を彼女のほうへ向け、腕をだらりとさげてポケットを被《おお》いました。

テレビを見ている患者たちの後ろをすりぬけて、ケンジはだれにも見咎《みとが》められることなく地階に降りていきました。

地階には人っ子一人いません。ポケットから首を出して注意深く辺りを見回したノワルは、パッと跳びおりて言いました。

「だれかがお亡くなりになると、この地階から病院を出ていくんです。そんなときには泣いている家族や、見送りの看護婦たちで、ここもけっこう騒がしいんですがね。何事もなければ、ご覧のように気味悪いほどシーンとしています」

ノワルはケンジを先導して歩きだし、ぶ厚そうな鉄の扉の前で歩みを止めました。

「ここは病院のがらくたが入っている倉庫なんです。この扉をそっと開けてみてください。ちょっと重いですがね、鍵は掛かっていませんから、ケンジさんなら開けられるでしょう。でも、そっとですよ。なかの奴らを驚かすといけませんから」

「なかの奴らって、このなかにだれかいるの？」

「怪しい者じゃありません。わたしらの仲間ですよ。ふだんわたしらは換気口から出入りするんですがね、ケンジさんには小さすぎますから、ここから入っていただくほかないんです」

厚さが十センチもある鉄の扉ですが、ケンジが両手に力をこめて引くと、ギギーと鈍い音をたてて動きました。隙間から首を突っこんで覗くと、なかはまっ暗で何も見えません。しかし部屋の隅のほうで何かがうごめく気配がしました。

やがて目が慣れてきて、なかの様子がぼんやり見えてきました。なかには機械や家具のようなものが、乱雑に積みあげられています。そして部屋の右隅に目をやったケンジは、アッと息をのみました。

そこには普通の三倍もありそうな大きなネズミが二十匹ばかり、動くことができないのか、仰向けに横たわっていました。

「見せたいものというのは、このネズミなのかい？　この大きなネズミたちは、いったいどうしちゃったの？」

「おい、おまえたち、ケンジさんをお連れしたぞ。おまえたちからじかに事情をご説明しなさい」

とノワルは急に威張って命じました。大きなネズミたちはケンジの姿に驚いた様子もなく、相変わらず手足を宙にぶらぶらさせただらしのない恰好で寝転んでいますが、なかの一匹がよろよろと起きあがって、ケンジに近づいてきました。

「このたびは、こんなむさ苦しいところまでお越しいただいて、ご苦労さまです。さあ、どうぞこちらにお入りになって、扉を閉めてくださいまし。人目につくといけませんわ。

扉のそばに電燈のスイッチがありますから、隅の明かりだけ点けてください。ご存知のように、わたしたちはあまり明るすぎるのは好きじゃないんですのよ」

大きなネズミは力のない声でゆっくりと言いました。ケンジが言われたようにすると、天井の電燈がひとつ点き、はっきり見えるようになりました。倉庫は病室よりも大きな部屋ですが、四方がコンクリートの大壁で、窓ひとつありません。古い診察機械や折りたたみ式のパイプベッドや、会議用のテーブルなどがぎっしり積まれていて、足の踏み場もないほどです。

「それでけっこうです。やっと安心してお話ができますわ。あ、申し遅れましたが、わたしはエテルナと申します。族長ノワルの伯母《おば》なのですけれど、今ではあっちのほうがずっと老けていますの。

ケンジさんは『フロウフシ』という言葉をご存知ですか？　え、ご存知ですって？　さすがにわたしたちが選んだ賢いケンジさん。そうそう、いつまでも年老いない、けっして死なないという意味ですわね。わたしたちはその不老不死を得たネズミなんですの」

「え？」

「これはまったくの偶然なんですのよ。あそこに魚屋さんの冷蔵庫みたいな大きな機械が見えるでしょう。あの機械のうしろに小さな穴が開《あ》いていますの。わたしたちが出入りできるくらいの……いいえ、今ではこのわたしは太りすぎて入れませんけれど。

あのなかには、暗闇でも青白く光る美しい粉が入っているんです。もう三年も前になりますが、わたしたちの仲間が見つけて、あまり美しいもので、みんな競って体に塗りたくったんです。とくに女たちがね、お化粧に使ったんですの。あまり嬉しいのでその晩は調理場から失敬してきたハムの切れはしやパンの耳を持ちよって、パーティまでやったくらい……でも、あれは悪魔の粉でした。

一週間も経たないうちに、塗ったところは火傷《やけど》のケロイドのようになり、毛が抜け落ちたり、黄色い胃液を吐いたりして、バタバタと死んでいったんですの」

「ああ、わかった」とケンジは思わず口をはさみました。「あれはきっと放射線治療装置だよ。形はすこし違っているけど、きっと旧式のが捨てられたんだよ。でも、それと不老不死と、どんな関係があるのさ？」

「悪魔の粉を体に塗ったネズミも、青白い光を間近《まぢか》に浴びたネズミも、大方は死んでしまいました。そればかりじゃないんです。死んだ親ネズミのそばでひと晩じゅう泣き明かした子ネズミたちも、数日後には血を吐いて死んでいきました。そんなに恐ろしい粉ですのに、体じゅうに塗っても何事もなかった者もいるんですの。

死ななかったネズミたちは、今までどおりに食物《しょくもつ》を食べると、どんどん大きくなっていきました。それで食べるのを止《や》めたんですけれど、何日経《た》っても体はすこしも痩せないし、弱りもしなかったんです。わたしたちは特別な体になっていたんですの」

「もうすこし科学的にご説明しますと、この者たちの体をつくっている細胞は、栄養を補給しなくても、けっして老化しなくなっていたというわけなんです。栄養を摂取すると、細胞が消費しませんので、その分すべて蓄積されて、体がどんどん大きくなるわけですな」

と族長のノワルが得意気に言葉を継ぎました。

「それで不老不死というわけか。それはすばらしいことだね」

「いいえ、わたしたちもはじめは有頂天《うちょうてん》になりましたが、これも悪魔の仕業《しわざ》でした……」

エテルナはのろのろと仲間のところに戻って、寝転んでいるネズミの一匹を蹴飛ばしました。すると、蹴られたネズミは痛がる風でもなく、ゴロンと一回転して、まただらしなく寝そべっています。何かを考えていることがわかる丸い瞳がなかったら、精巧な縫いぐるみと間違えてしまったかもしれません。

「わたしたちは、だんだん痛みを感じなくなりました。いえ、感覚がなくなったわけではありませんの。蹴飛ばされれば、ピリピリした感じが起こるんですけれど、それを痛いとは思わなくなったんですわ」

「これは仮説にすぎませんが」とノワルがまた口をはさみました。「わたしたちの感覚は、すべて死の恐怖に色づけられているのですな。わたしたちは、つまるところ死にたくないから、体の傷を痛いと思うのです。けっして死なないことがわかったこの者たちは、どんな痛みも平気になって、心は痛いと思わなくなったのです。

この変化は、痛さばかりではありません。この者たちは、どんなものを食べてもおいしいと思わなくなりました。味覚が失われたわけではなさそうですがね、おいしいという感覚は、きっと元気に生きたいという欲望とつながっているのですな。けっして死なないこの者たちには、生きたいという欲望もないのですよ。ちょっと難しい話になりましたが、わかっていただけましたか？」

「わかったような、わからないような……」

と応えて、ケンジは大きなネズミたちをしげしげと見つめました。ケンジはいつか地下鉄の入口に寝転んでいた乞食《こじき》の姿を思いだしました。垢《あか》で黒ずんだ顔、こべこべに固まった髪の毛……その中年の乞食は、真夏というのに長い外套《がいとう》を着て、何やらぶつぶつとつぶやいていました。公園に屯《たむろ》している家のない人たちとは違って、ケンジはなぜかぞっとしました。自分に危害を加えることはないとわかるのですが、畏《おそ》れを感じました。見てはいけないもののように感じました。ネズミたちはあの乞食に似ている、とケンジは思いました。

「不老不死と申しましても、実は絶対に死なないわけではありませんのよ。わたしたちの体は病気にはなりません。人間たちが仕掛けるあの恐ろしい毒団子を食べても、血を吐いて死ぬことはありません。でも、首をちょん切られたり、体を丸ごと食べられてしまったら、いくらわたしたちだって一巻の終わりですわ。

ネコや青大将やドブネズミは、やっぱりわたしたちの憎い敵なんですの。ですから、わたしたちは調理場だの下水溝だのをうろうろしないで、密室にじっと隠れていることにしました。それが一番安全ですものね。そうしたら、ひと月またひと月と時が経つうちに、みんな何もする気がしなくなって……。

わたしは前から好奇心が旺盛なたちだから、変わり方が遅いようですけれど、他のネズミはもう話をする意欲もないみたい。これではまるで廃人ですわ」

「ひとつ質問をしてもいいかしら。悪魔の粉を塗った他のネズミがみんな死んでしまったのに、きみたちだけがどうしてそうなったの？」

「やはりそれをお尋ねになりますね。それにお答えする前に、ひとつ伺いたいのですが、ケンジさんは、ご自分も不老不死を得たいと思われますか？」

とノワルが訊き返しました。ケンジはちょっと考えて、

「そうだねえ、注射の痛さもいやだけれど、このネズミも可哀想だねえ」

と応えました。

「よろしいです。ケンジさんにはお話してもだいじょうぶでしょう。肝心のところはよくわからないのですがね、後で調査したところによりますと、この者たちはみな、悪魔の粉を塗りつける前にチャバネゴキブリを食べております。どうもそれが関係しているようですな。でも、わたしたちクマネズミ族には、だれ一人こうなりたいと申す者はありませんので、実験で追認してはおりませんがね。

ケンジさんをここにお連れしたのは、他でもありません。あの悪魔の粉を始末していただきたいのです。わたしたちは何回も集会を開き、討論を重ねまして、次の結論に達しました。それは、

『われわれクマネズミ族の寿命はわずか二年ほどであるが、繁殖力はきわめて旺盛で、一か月ごとに十二匹もの子ネズミを産むことができる。ネズミ算で増えれば、二匹の親から一年後には二七六億八二五七万四四〇二匹になる計算である。クマネズミ族の繁栄のために、不老不死は必要ではない。また個人にとっても、不老不死は喜ばしい状態とは言えない。多少の危険をともなうとはいえ、人間の残飯をあさり、ネコに追われて走りまわる生活のほうが、よほど愉快である。よって、すみやかに悪魔の粉を撤去すべき

である』

　というのです」

「この若さと美貌を永遠にとどめたいわなんて、わたしも娘のころに夢みたことがあったけれど、実際に得てみれば、死んでいるのとほとんど変わらない。いいえ、丸ごと食べられなくちゃ、死ぬこともできないなんて、残酷すぎますわ。そのうえ、こんなに大きな体になって、ネコだってヘビだって、びっくりして逃げてしまいますわ」

「きみたちの言うとおりだね。でも僕はどうしたらいいのさ。あんな大きな機械を、僕ひとりではとても運べやしないよ」

「いいえ、ケンジさんには、院長宛に短い手紙を書いていただけばいいんです。文面は、オホン、ふつつかながらこのわたしが考えてあります。

『拝啓　院長殿

地下の倉庫に、核物質が違法に放置されていますので、可及的すみやかに撤去してください。

一週間以内にしかるべき処置がなされない場合は、警察に通報いたします。

敬具』

いかがですかな。ちょっと強迫するようですが、こうでもしないとあのケチな院長は腰をあげそうにありません。六年生には難しい言葉が使ってありますが、なに間違えたってかまやしません。核物質と警察の二つが書いてあればいいんですよ。ケンジさん、どうかよろしくお願いします」

と言ってノワルは深々と頭をさげました。

「わたしたちからもお願いしますわ。ご面倒でしょうが、わたしたちのような悲しい存在を二度とつくらないために、どうかお手伝いしてください」

エテルナのつぶらな瞳には涙がいっぱいたまって、声も潤《うる》んでいました。

「何とかやってみるよ」

とケンジは応えました。すると、どこに隠れていたのか、数えきれないほどたくさんのクマネズミがぞろぞろ現れてケンジを取り囲み、口々に、

「ケンジさん、ありがとう」

と礼を言いました。

「何とかやってみるよ」

ケンジはすこし照れながらもう一度そう言って、倉庫の扉をそっと押し開けました。「一日も早く元気におなりになって、正面の玄関からお家《うち》に帰ってくださいね」背中でエテルナの声がしました。「わたしたちも運命に負けないで、がんばりますわ。ええ、すっかり廃人になってしまわないうちに、きっと自分で始末をつけるつもりです」

ケンジはすばやく倉庫を出て、不思議な世界に封をするように、ガシャンと重い扉を閉めました。

ケンジが病室に戻ると、お父さんとお母さんがベッドに腰掛けて待っていました。

「ケンジ、お昼ご飯も食べないで、どこへ行っていたの？　もう一時になるのよ」

とお母さんが咎《とが》めました。アルミの盆の上で昼食のフライも味噌汁も、もうすっかり冷たくなっています。

「屋上に行っていたの。日向ぼっこしていたら、いつの間にか眠っちゃった」

とケンジは言い訳しました。ベッドの上の四角い紙包みに気づいたケンジは、お父さんのほうを向いて、

「こんどは何の本？」

と尋ねました。

「また宮沢賢治だ。全集をみんな揃えていくつもりなんだ」

会社から帰ると中学二年生になる兄の世話をしているお父さんは、休日のたびに病院にやってきます。このごろはいつも宮沢賢治の本を買ってくるのでした。お父さんは宮沢賢治がとても好きなようでした。いつだったか憲治《けんじ》の名前からして、漢字はお母さんの名前の「憲子《のりこ》」から一字をとっていますが、宮沢賢治が好きだからつけたと言っていました。

ケンジはふと「お父さんが味方になってくれないかな」と考えました。それで、お母さんが味噌汁を温めなおしに行ったあいだに、

「宮沢賢治ってとてもおもしろいね。僕、人間と山猫が話をするなんて嘘だと思ったけど、僕もさっきネズミと話をしたよ」

と言ってみました。ケンジはお父さんの返事が心配で、上目遣《うわめづか》いに顔を覗きました。

「ハッハッハ。ケンジは居眠りをしているあいだに、夢を見たんだな。ネズミとどんな話をしたんだ?」

「夢じゃないんだよ。ほんとのことなんだよ」

と真顔で訴えると、お父さんはケンジのほうを見て、一瞬困ったような表情をしました。それからまた笑いだして、

「宮沢賢治が夢になったのさ。六年生にもなって、そんな小さな子どもみたいなこと言ってたら、みんなに笑われるぞ」

と言いました。

ケンジはそれっきりネズミの話も悪魔の粉の話もしませんでした。が、約束どおり院長に手紙を書いて、ポストに入れました。

数日後、一台の大型トラックが裏口に横づけされ、ものものしい防護服で身を固めた男たちが、地下の倉庫から古い放射線治療装置を運んでいきました。

その翌日、病院の裏庭にあった小さな物置小屋が火事になって焼けおちました。物置にはスコップや熊手や一輪車など、庭の手入れに使う道具が入っていただけでした。火の気がまったくありませんでしたから、不審火として警察官が調査をしました。すると、焼け跡から黒焦げになった動物の屍体がたくさん発見されて、みんなを驚かせました。

「大きさはネコぐらいなんだけど、形はネズミのようなの」

看護婦のひとりがケンジの部屋にもやってきて、噂話を伝えました。

「オーストラリアには、そんな大きなネズミがいるんですってね。なんでも食用として輸入されて、ハンバーグに混ぜられているんですって。だれかがそんな話をしていたわ。警官はね、病院で実験動物にそのネズミを飼っていたんじゃないかって言うの。そして、始末に困って、物置小屋に閉じこめて火をつけたんじゃないかって言うのよ。うちの病院じゃ、だれも実験動物なんて飼っていないのにね、警官は『そうとしか考えられない』って断定しちゃった。被害も少なかったしね。それ以上詮索《せんさく》せずに、一件落着になっちゃったみたい。でも変よねえ。だれが何のためにやったのかしらねえ」

と看護婦は事件を楽しんでいるみたいに、はずんだ声で言いました。ケンジは可哀想なエテルナの最後の言葉を思いだしました。

「僕、気分が悪いんだ。吐き気がするんだ」

ケンジは看護婦のおしゃべりをさえぎり、毛布を引きあげて頭から被りました。看護婦が立ちさると、毛布の下のケンジは長いこと声を殺して泣いていました。

この不思議な体験をしてから、骨髄注射のときにケンジは声をあげて痛がるようになりました。

「前はとてもがまん強かったのに、子どもに返っちゃったみたいね」

お母さんが苦笑いすると、

「だって、痛いんだもの」

とケンジは悪びれずに応えます。お母さんもあまり不満ではなさそうです。というのは、このごろケンジはずいぶん明るくなりました。そして、異常な白血球の割合もすこしずつ下がっているのです。先生が薬の種類を替えたと言っていましたから、新しい薬が効いているのかもしれません。

王の愁《うれ》い

一

しとしとと生暖かい雨が降っていた。王は二階のバルコニーに佇《た》って、もう一時間にもなろうか、雨に煙るサーラガの街をぼんやりと眺めていた。

「もはや疑う余地はない……あれらは人間ではない……ナーガセーナ比丘《びく》は正しかった……しかし……」

王は混乱しかかった思考を整理しようとして、そのあとにつづく言葉を探した。そのとき鈴音《すずおと》が近づいて、ソフィア王妃の声が彼の思考をさえぎった。

「王さま、もうじき九時でございます。お食事の用意ができております」

鈴音は王妃の足首を飾る黄金《きん》の鈴が発するもので、彼女が歩くたびに澄んだ高い音をたてた。王妃の声は、その鈴音におとらず澄んだ声だった。

「腹は減っておらぬ。おまえ独りで行くがよい。わしは今しばらくここに居たい」

「何か心配事がおありなのでしょうか。きのうも、おといも、お食事も十分に召しあがらず、物思いに沈んでいらっしゃる。女の私には政治のことは何もわかりませんが、わずかでも王さまのお力になりとうございます。どうか何なりと話してくださいませ」

「心配事など何もない。ギリシャ人の帝国は、わしの代になってもっとも広がり、もっとも安定しておる。わが領地は、西はカイバル峠を越えてカブールまで、東ははるかジャムナ川にまで至っている。国のすみずみまで反乱の兆しもない。わが都サーラガは、ギリシャ人、インド人、ペルシャ人ら、十万もの人民で賑わっておる」

ふだんは自慢話などしない王が、自分自身に言い聞かせるようにそう言った。面長《おもなが》の中心に高い鼻がついている、ギリシャ人のなかでもとくに理知的で精力的に見えるその顔を、ぬっと王妃のほうに近づけ、メナンドロス王は言葉とは裏腹に困ったような笑《え》みを浮かべた。

「そのとおりでございます。城外から届いてくる、あのざわめきをお聞きなさいませ。小雨が降っているというのに、大通りは荷車や歩行者で満ちあふれているのでしょう。耳をすませば、ほら、どこからか太鼓の音も聞こえます。あの太鼓の音は、商店が客を寄せるために打ち鳴らしているのでしょう。市場には豊富な肉や野菜ばかりか、遠くコートンバラ産の織物やカーシー産の栴檀香《せんだんこう》まで並んでいます。王さまの都には百棟《とう》もの布施堂があり、その蔵には穀物がいっぱい貯えられていて、飢える者とてありません。これもすべて偉大な王さまのご功績……ああ、しかし、とても深い愁《うれ》いが王さまの心をつかまえてしまったことを、だれよりも王さまを愛している私にはよくわかるのです。王さまはいつか私の前から姿を消してしまわれるのではないか、そんな予感がして、私は夜も眠れないのです」

そう言ってソフィア王妃は涙をこぼした。

「ソフィアよ、泣くな。わしがおまえのそばを離れるなど……考えたこともない。わしを悩ませているのは哲学の問題なのだ。これは、哲学の問題なのだ」

と言いながら、メナンドロス王は心の底でドキリとした。自分が王宮から消え去ってしまう可能性に、王妃の言葉ではじめて気づかされたのであった。

「帝王の学問ばかりでなく、天文学や医学にも精通し、哲学や宗教の議論をなさっても、並ぶ者がいない博識の王さまを、どんな問題が悩ませているのでしょうか。王さまの知力には遠く及びませぬが、私は喜びも苦しみも、王さまとともにありたいのです。どうか話してくださいませ」

二人の目線が合った。四十路《よそじ》にさしかかった王妃だが、熱情のこもった娘のような目だった。

「愛しいソフィアよ、あいわかった。賢明なおまえなら、この驚くべき真実をわしといっしょに受けとめ、支えてくれよう。おまえには何もかも話すとしよう」

王は妃《きさき》のそばをすりぬけてバルコニーから部屋に戻った。隅に置かれた香炉から、栴檀の香りがほのかに漂っている。王は棚に置かれた酒を手ずから注《つ》いで、グイといっきに飲みほした。そして王妃のほうに向きなおり、

「ソフィアよ、わしは三日前にも北の宮殿に行ってきた」

と言った。

「北の宮殿に行くときは、わしの供は近衛兵の長《ちょう》、すなわちおまえの弟アナンタカーヤと、数人の護衛のみ。表向き北の宮殿は、王と近衛兵が軍事の謀議や教練をする場所ということになっているが、そこでは人に知られてはならない実験が行われているのだ」

王は黄金《きん》の杯《さかずき》を持って妃のほうに近寄り、妃の顔をのぞきこんだ。

「この実験は十五年前にはじまった。おまえは憶えているだろうか。今の世では随一の知恵者と言われる仏教の僧ナーガセーナを、わしがサンケーヤの僧坊に訪ねて、最初の対論をしたことを」

「憶えておりますとも。博識の誉れ高い王さまが、ナーガセーナ比丘と論争をするとい

うので、都じゅうの評判になりました。あの日、王さまは象軍、馬軍、戦車軍、歩兵軍の四軍を引き連れ、威風堂々とサンケーヤの僧坊を訪ねられました。たいていの論客は、王さまの威勢を目にするだけで震えあがり、論争をするどころではなくなってしまうのに、ナーガセーナ比丘はふだんとすこしも変わらず落ち着きはらっていたと、これは大臣だった父が私に教えてくれました」

妃が黄金《きん》の酒壺を持って王の杯に傾けた。ギリシャ人の父とペルシャ人の母の血が流れる彼女の細く白い腕には、赤や青の宝石を散りばめた腕輪が輝いていた。

「ギリシャ人のわしには、インド人の思想にどうしても納得のいかないものがあった。それは輪廻《りんね》ということじゃ。あらゆる生きものが生まれ代わり死に代わりして、永遠の旅をつづけているという。

インド人はまた、その輪廻の原動力として宿業《しゅくごう》を説く。ある論者は、前の世の行いの結果として、あるいは王族の楽しい人生を送り、あるいは奴隷の辛《つら》く苦しい人生を送ることになると言う。そして他の論者は、人の一生はあらかじめ書かれている遠大な物語を一ページずつめくるようなもので、輪廻の道は己れの行いに関係なく、何千年も後《あと》まで決定されているのだと言う。

わしはナーガセーナ比丘と問答をする前も、幾人もの名高い論者と問答を行い、そのたびに輪廻について問いただした。そして、彼らのだれもが、まことしやかな教説を説いたけれども、わしにはどれも信じられなかった。要するに、どれもが空想なのじゃ。わしはインド人の深い知性を尊敬しておるが、輪廻と宿業の説だけはうなずけない。物語と心得て豊かな想像力を楽しむだけならそれもよいが、宿業の説は虐《しいた》げられている人々に忍従を強《し》いるために創られたようにもみえる。

ギリシャ人の学問は実証の学問。経験できない事柄をまことしやかな教説で説明などはしない。経験できないものは不明のままにしておく。これは哲人ソクラテス以来の伝統だが、それには強靭《きょうじん》な精神を必要とするのじゃ。

縁起の説、五蘊《ごうん》の説、八正道《はっしょうどう》と言われる修行など仏教の教義について問いただした後で、ナーガセーナ比丘にもわしは問うた。

『あなたは輪廻を説きますか』

と。

『さよう、仏陀は輪廻を説き、私も輪廻を説きます』

『何が輪廻するのですか』

『ナーマ・ルーパ（名色《みょうしき》）です。大王よ』

『えっ？』

と思わずわしは問い返した。たいていの論者はここで霊魂とか自我という言葉を用いるのだが、ナーガセーナ比丘の答えは意表を突いたものだった。

『ナーマ・ルーパとは何ですか？』

『読んで字のごとしです。ナーマは言葉であり、ルーパは言葉が指し示すもの、形あるものです。仏陀の説かれた道を修行する者も、言葉の驚くべき働きになかなか気づきません。それゆえ、ナーマ・ルーパの原義を無視して〈精神と肉体〉などと理解する者もいますが、そんな意味なら仏陀がわざわざナーマ・ルーパという語を使うはずがありません。仏陀が使われたナーマ・ルーパはもちろん原義の通り、〈言葉とその対象である形あるもの〉という意味です。ルーパは実在世界自身のあり方ではなく、私たちが世界を認識するとき与える形なので、表象ということもあります』

『〈私〉が輪廻しているのではないのですか？　かつて私と対論したバラモンも、ジャイナ教徒も、唯物論者でさえも、〈私〉が輪廻していると説きましたが』

『〈私〉が輪廻しているという表現は、誤りではありません。しかし私という実体が、たとえば霊魂のようなものとして存在するのではない。大王よ、人々が〈私〉とか〈自我〉とかよぶものは、実はナーマ・ルーパにほかなりません』

『ちょっと待ってください。かつて私と対論をした思想家たちは、〈私〉の本体である霊魂が、肉体が死んでも生きつづけ、別の肉体に宿って生まれかわり、遠い過去世《かこせ》から長い旅をしていると説きました。そして、ある者は神の意思で生まれかわる場所が決まると説き、ある者は己れの行いの結果で決まると説き、またある者は過去世の業《ごう》に無関係に偶然に決まると説きました。これらはわかりづらいことは何もないが、私にはどれも信じられないのです』

『大王よ、それらは輪廻の何たるかがわからなくなった愚かな者たちが創りだしたお話です。そうしたお話は、あなたがよくおわかりのように、信じるか信じないかのどちらかです。この私もどれも信じられません。そうしたお話に対して真偽《しんぎ》を問われたとき、仏陀は沈黙で答えられました。

しかし大王よ、お話が信じられないからといって、輪廻や宿業という言葉まで否定してしまうのは、やはり愚かな態度だと言わなければなりません。輪廻や宿業という言葉が真《しん》に意味することは、これはたしかに経験できることだからです。

大王よ、愚かな者たちは己れの存在を誕生から死までと考えます。その前も後《あと》もなく、少なくとも自分には無関係と考えますが、それは誤りです。

大王よ、あなたはキノコを召し上がりますか？』

突然思いがけない質問をされて、王は口ごもりながら答えた。

『キノコ？　野豚《のぶた》が探すマッダヴァは私の好物じゃが……』

『マッダヴァは美味ですが、キノコには人を殺す毒キノコもありますね。私たちは何故《なにゆえ》にそれらを見分けることができるのでしょうか？』

『・・・・・・』

『それはだれかが食べて苦しみ死んだからです。遠い過去世に、おそらく飢饉のときなどに、手当たり次第に食べたのでしょう。長いあいだにはあらゆるキノコが食べられ、たくさんの人があるいは苦しみ、あるいは楽しみ、そうして毒のキノコと食べられるキノコが、うまくないキノコとうまいキノコが、見分けられるようになったのです。野豚はだれの経験を伝えられたのでもなく、毒キノコを食べませんし、マッダヴァを見分けます。野豚のものの見方は、彼が生まれつきもっているものです。しかしわれわれ人間は過去世の祖先たちの経験によって、自分のものの見方が作られるのです。

大王よ、ここに人間と猿と犬がいるとしましょう。人々は三者の類似性を感じて、有《う》情《じょう》という言葉でひとまとめにしています。たしかに目と耳が二つあり、鼻と口が一つあり、口から食べ物を入れて肛門から排泄《はいせつ》する。オスとメスがまぐあい、やがてメスが子どもを産む。楽しければ喜び、苦しければ泣き叫び……共通点もたくさんありますが、違いもありますね。あなたは、猿は人間のほうに似ていると思われますか、それとも犬のほうに似ていると思われますか?』

王はナーガセーナの意図がわからず、怪訝《けげん》な表情で言った。

『猿は人間と同じく、二本足で歩く。バナナの皮をむく様子を見れば、前足というよりも手というべきだろう、どちらかと言えば猿は人間に似ていると言えようか……』

『大王よ、あなたは外見にとらわれていますが、猿や犬と人間には大きな違いも見えるでしょう。人間だけが衣服を着たり、家に住んだり、田畑を耕して食べ物を作ります。絵を描き、歌をうたい、死者を弔《とむら》い、自殺をしたり戦争をしたりもします。この違いのほうに注目すれば、猿は犬のほうに似ていて、人間にはすこしも似ていません。人間だけが特別だと言えましょう。

一体人間とほかの有情を隔てているのは何なのか?

人間は過去世の祖先たちの経験を受け取って生きています。先ほど申し上げたキノコの見分け方もその一つですが、見方だけではありません、感じ方も、考え方も、行動の仕方も、過去世の祖先たちの営み、つまり業《ごう》によって作られて生きているのです。これが宿業ということです。

犬や猿は過去世の経験を受け取りません。犬や猿のものの見方にも、もちろん彼自身の経験は影響しますが、何代も前の犬や猿の経験が影響することはないのです。この違いが、何劫《なんこう》もの時を経て、人間とほかの有情の世界を、かくも大きく隔てることになったのです。

大王よ、それではどうして人間だけが、太古の昔からの過去の経験を受け取るのでしょうか。犬や猿はどうして受け取れないのでしょうか。

それは人間だけがナーマ・ルーパの輪廻の内にあり、犬や猿は輪廻の外《そと》にあるからなのです。

大王よ、あなたは何歳になられますか？』

メナンドロス王は今度もナーガセーナの意図をはかれなかったが、こんどは好奇心に駆られて、目を輝かせて言った。

『わしは今年三十五歳になる』

『いいえ大王よ、あなたはもっともっと数えられないほど高齢です。あなたの肉体はたしかに三十五歳と言ってもいいのですが、あなたの心は生まれたときにもともと持っていたものでも、生まれてからのわずかな経験が作ったものでもない。遠い過去世からの祖先たちの営み、すなわち業がナーマ・ルーパの中に蓄積され、伝承されて作られたもののなのです。ナーマ・ルーパが赤子《あかご》のときにあなたの肉体に宿って、あなたの心を作るのです。そして私たちは自分の業によってナーマ・ルーパをいくらかでも変え、それを次の世代に伝えていきます。こうして人間の心は世代から世代へと流転《るてん》していく。大王よ、この、ナーマ・ルーパの形をとって人間の心が世代から世代へと流転していくことを輪廻というのです。

仏陀は次のように言われました。

《比丘たちよ、汝《なんじ》らは長い長い歳月にわたって、母の死に逢ったのである。比丘たちよ、汝らは長い長い歳月にわたって、息子や娘の死に逢ったのである。比丘たちよ、汝らが怨憎《おんぞう》する者と会い、愛する者と別離して、長い長い歳月にわたり、流転し、輪廻して、悲しみ歎いたときに流し注いだ涙ははなはだ多くして、四つの大海の水といえどもその比ではないのである》と。

肉体に宿っているナーマ・ルーパは、太古の昔から長い長い年月を流転してきたのです。あなたの心であるナーマ・ルーパは何千歳か何万歳か計り知れない。その長い年月の人間の業を背負っているのです。だからこそ、仏陀は、《汝らは長い長い歳月にわたって、母の死に逢った》と説かれるのです』」

王の従者が休憩《きゅうけい》して茶を飲まれてはどうかと勧めたが、王は即座に断って、話をつづけた。

「『言語は私たちの外《そと》にあって、私たちが生まれてから後で習得するものではありませんか？　表象は言語で名指すより先に、外界の写しとして意識がもつものではありませんか？』
『大王よ、そうではありません。たしかにギリシャ人の子どもはギリシャ語のなかに育って、ギリシャ語を身につけ、インド人の子どもはインド語のなかに育ってインド語を身につけます。その意味ではたしかに言語は私たちの外にありますが、しかし言語より先に言語を習得する自我などはないのです。言語を身につけるのとともに、自我が生じるのです。

私たちは深く考えることもなく、〈言語を習得する〉と言っていますが。赤子が母国語を身につけることと、長じてから異国の言語を習得することは、まったく違うことです。考えてもみてください。頭の良い子も悪い子も、どんな子どもでも母国語を身につけます。三たす五が八だとわからない子どもも、母国語は身につけます。またどんな子どもも二、三歳になれば話をはじめるようになり、五、六歳になれば周りの大人と会話ができるようになります。赤子は自分の意志で母国語を習得するのではないのです。ナーマ・ルーパが外からやってきて、赤子の頭のなかに宿るのです。自分の意志で異国の言葉を習得する場合とはまったく違うのです。

ご自分の心のなかを観察してみてください。あなたはギリシャ語で考えているだけでなく、ギリシャ語で物事を見ているのではありませんか？　ギリシャ語で喜び、ギリシャ語で悲しみ、ギリシャ語で恐れるのではありませんか？　私たちは言語を自我が使う道具のようにみなしていますが、言語が道具にすぎないのだとしたら、言語を使わないで見たり考えたりできないのは、不思議なこととは思われませんか？

大王よ、私たちは言語で物事を見、言語で考え、言語で恐れおののくのです。しかも文法上の制約で、〈言語で〉と、それを使う主体が別にあるように表現しますが、言語が見て、言語が考え、言語が恐れおののくと申したほうが、より正確なのです。あなたの言語はあなたの心そのものなのです。

また大王よ、形あるものは言語と一対《いっつい》のものとして、外に、また内に見られるのです。外に見られるルーパを個物と言い、内に見られるルーパを私たちはふつう表象と言っています。私たちが実在と思っている物の集まりである世界は、言語によって成立する世界なのです。言語がなければ形あるものも存在しません。

大王よ、ナーマ・ルーパはあるいは主体として、あるいは客体として、二重に立ち現れます。つまり、一方では一如《いちにょ》なる世界を切り裂く心として現れ、他方では切り裂かれた結果の、差別相の世界として現れるのです。

ですから大王よ、私たちの心そのものであるナーマ・ルーパは、遠い過去世《かこせ》から輪廻を繰り返して今に至ったのであり、また私たちの行いによってすこしばかり形を変えながら、つぎの世に輪廻していくのです』

『尊者ナーガセーナよ、あなたの説はおおよそですがわかりました。はじめて聞く、とても独創的な教説です。しかし、どうしてそれが正しいとわかるのですか？』

『大王よ、覚者《かくしゃ》の深い瞑想状態のなかで、それが確認されるのです。

大王よ、凡夫《ぼんぷ》の五感はナーマ・ルーパに呑みこまれてしまっています。凡夫の世界は、言語と、それと一対《いっつい》の形あるものの集まりのみであって、その外《そと》はありません。しかし大王よ、覚者は深い瞑想状態のなかで、ナーマ・ルーパの外を体験するのです。輪廻の流れとは別の、一如なる世界を体験するのです。

だから大王よ、実在のように見えるナーマ・ルーパの世界は、実は遠い過去世からの人間の営みによって輪廻している虚妄分別《こもうふんべつ》の世界であると知られるのです』

『尊者ナーガセーナよ、おっしゃることはわかりますが、それでは実証されたことにはなりません。私もまたヨーガを修し、瞑想をしますが、私にはナーマ・ルーパを超えた一如なる世界は体験されません。

したがって尊者ナーガセーナよ、尊者の論は〈わかるものにはわかる〉と言っているにすぎません。それでは実証されたことにはなりません』

ナーガセーナ比丘は一瞬困ったような顔をした。しかしすぐにいつもの穏やかで自信に満ちた顔に戻り、

『大王よ、それについて私も考えたことがないわけではありません。そして大王が満足するような実証の方法がないわけではありませんが、それはとても難しい実験なのです』

と言った。そしてその日の対論が終わったとき、ナーガセーナ比丘はわしと二人だけで話したいと人払いを求め、家来たちが講堂のそとに出るや否や、わしの耳元で驚くべき実験についてささやいた。おそらく絶大な権力を持つ大国の王のみが実行できる壮大な実験、しかもこの上もなく冷徹な精神の持ち主だけができる、悪魔の仕業《しわざ》のような実験を」

王はフーッと長い溜息をついて、言葉をつないだ。

「今にして思えば、ナーガセーナ比丘は自分の思いつきを実地に試したいがために、好奇心の強いこのわしに話したのかもしれない。わしの訪問は、彼が待ち望んでいた千載《せんざい》一遇《いちぐう》の機会だったのかもしれない。

ともあれナーガセーナ比丘がわしの心のなかに蒔いた種はすぐに芽を出し、どんどん生長し、やがてあのバニヤン樹のように心を埋めつくすほど巨大になって、わしは実験をやらずにはおれなくなってしまった。

それは凡人が見ればたしかに悪魔の仕業だが、生き代わり死に代わりしてこの先何千年も生まれつづけるであろう人間たちに、『人間とは何か』の真実を教えるためのほんの小さな犠牲だと、わしは己れを説き伏せた」

王はそこで言葉を区切ると、杯の酒をまた一気に飲みほし、王妃の顔を覗いてつづけた。

「ソフィアよ、そなたは憶えているだろうか。今から十五年前、国のあちこちで乳飲《ちの》み子が神隠しにあって消えてしまったことを」

「もちろんですわ。私たちの息子ディオドトスも消えてしまったのですもの」

王妃が食い入るような眼差しを向けた。王は目線をそらして言った。

「あれは、わしがアナンタカーヤに命じてやらせたことなのだ。アナンタカーヤは腹心の部下を引き連れて、だれの仕業とも知られず巧みに赤子をさらった。そのすべてが、命名式を終えたばかりの生後一か月ぐらいの乳飲み子だった。

ソフィアよ、そなたも知っていよう。子どもは二歳ごろから言葉を話しだす。しかしナーマ・ルーパが人の意識を呑みこむ働きは、もっと前からはじめられているので、隔離するのは生まれた直後がよい。しかしそれでは赤子が育ちにくい。それで一か月ぐらいの乳飲み子を集めたのだ。

神隠しは一年もつづいた。一年をついやして、国じゅうから二百五十人の男の子と、二百五十人の女の子、合わせて五百人の乳飲み子を集めた。子どもたちはみな、この実験のために造成した北の宮殿に連れてこさせたのだ」

「ああ王さま、それでは私たちの息子ディオドトスも、そこにいるのですね」

王妃がメナンドロス王の言葉をさえぎって大声をあげた。彼は、今度は王妃の目をまっすぐに見て答えた。

「わしは自分自身の三番目の男の子も、アナンタカーヤに命じて誘拐させた。あのころ、乳飲み子をさらっていくのは近衛兵だという噂がたった。王の命令で近衛兵が赤子を集めているのだと……わしはこの実験を秘密裏にやりたかった。凡人たちはこの実験の意味を解せず、かならず騒々しいことになろうからな。それゆえ噂を打ち消すために自分の子を誘拐させたのだ。案の定、それからわしを疑う者はいなくなり、人々は神隠しだと信じた。

しかしソフィアよ、そんな理由だけでわしがそなたから愛《いと》し子を引き離したと思わないでほしい。彼らのほうが真実の世界を生き、われわれのほうが偽りの世界を生きているというナーガセーナ比丘の言葉を信じたから、そして少なくとも、人間が真実を知るためにだれかがやらねばならない実験だと確信したから、わしはあえて自分自身の子ども加えたのだ。そしてそれは、ほかの子どもの親たちへの、わしの責任の取り方でもあった」

「私たちのディオドトスは、今どうしているのですか。ディオドトスに会わせてくださいませ」

「うろたえるな、ソフィアよ、もうすこしわしの話を聞くがよい。

北の宮殿には百人の召使いが働いているが、その者たちはすべて聾唖者《ろうあしゃ》なのだ。言葉を発することのできない大人たちを国じゅうから集めさせて、わしは乳飲み子の世話をさせた。わしはアナンタカーヤに命じた。

『朝と午後の二度、子どもたちに十分な食事を与えさせよ。子どもたちを清潔に保ち、病いや怪我で命を落とさぬように、注意深く保護させよ。しかし、それ以上は何もさせてはならぬ。子どもたちに愛情を注いではならぬ。とりわけ聾唖者たちが知っている身振り手振りの言葉を教えようとさせてはならぬ』

この百人の召使いたちは、声を発することはなくとも、たしかにナーマ・ルーパの世界を生きている。だから注意深くその伝承の鎖を断ち切らねばならぬ。

わしは近衛兵に聾唖者たちの監視を命じた。アナンタカーヤは五人の部下を選び、聾唖者たちが必要以上のことをしないように見張らせた。そしてもちろん、監視役の近衛兵にも子どもたちの前ではいっさいの言葉を禁止した。

　ソフィアよ、それらはみなナーガセーナ比丘が考えて、わしに教えた方法だった。最初の出会いの日から今日まで、わしとナーガセーナ比丘は都合五回の対論を行った。それは、仏教への関心が深まったせいでもあるが、折に触れてこの実験の経過を報告し、彼の助言を求めるためでもあったのだ。

　ナーガセーナ比丘は言った。

『大王よ、私たち人間はただ一人の例外もなく、ナーマ・ルーパの世界に産み落とされて、赤子のときに知らず知らずのうちに、五感がナーマ・ルーパに呑みこまれてしまいます。人間の赤子は、獣の子のように親を離れては生きられないからです。社会を離れては生きられないからです。

　それゆえに、私たちはナーマ・ルーパの世界を実相と思いこみ、それが虚妄分別されたものであり、輪廻されたものであることを知りません。

　大王よ、輪廻の鎖を断ち切るには、ただ今申しあげたような大がかりな仕掛けが必要です。しかも、ナーマ・ルーパに呑みこまれることなく育つ彼らに、どんな世界が現れるのか、もちろん私たちは彼らから報告を受けることはできません。私たちは自分の虚妄分別の世界から観察して、たぶん的外《まとはず》れな推測をするしかないのです。しかし、この実験は私たちに多くのことを教えてくれるでしょう。

大王よ、もし山や川や月や星が、草や木や鳥や獣が、外の世界にそれ自身で分かれて実在し、私たちの五感がそれらの相を写しとるのならば、言語を伝承されなかった彼らもそれら形あるものの表象を持つでしょう。そして彼らの、私たちと同じように発達した頭脳は、その表象を表現し周りの人々に伝えるために、新しい言葉を発明するでしょう。言葉を生むためには集団でなければなりませんが、五百人もいれば十分でしょう。もとより私たちが使っているような豊かな言葉は生まれないでしょうが、数百の言葉を発明して駆使《くし》することは難しくないはずです。

もしそうなれば、この差別相の世界はナーマ・ルーパの輪廻によって生じる虚妄分別の世界であるという仏説は、誤りだということになりましょう。

しかし、そうはなりません。輪廻の鎖を断ち切られた彼らは、諸物《しょぶつ》の表象を持ちません。したがってもちろん、それを表現する名前も発明しません。いつまでたっても一語も発明しません。彼らは猿のような叫び声をあげるだけで、あたかも猿の群れのように生きるでしょう。ナーマ・ルーパは何劫《なんこう》もの過去世の業《ごう》の積み重ねによって、はじめて生じたのです』

『ナーガセーナ尊者よ、あなたの目論見《もくろみ》どおりに結果するとしたら、私は五百人もの子どもをさらって肉親との絆を断ち切るだけでなく、彼らを人間でないものにしてしまうことになります。彼らを獣にしてしまうことになります。そんな残酷な実験が許されるでしょうか？』

『大王よ、あなたがそのように言うのは、このナーマ・ルーパで成り立つ世界を、相変わらずこの世界の実相と思っているからです。

仏陀は、そしてかれにつづいたすべての阿羅漢《あらかん》たちは、このナーマ・ルーパの世界が真実ならざる虚仮《こけ》なるものであると悟られたのです。そして太古の昔から、ガンジス川の砂の数ほども生まれた無数の人々を呑みこんで、暴流《ぼうる》のごとく抵抗しがたく輪廻をつづけているとしても、この世界に執着《しゅうじゃく》してはならないと説かれたのです。

大王よ、輪廻の流れからはずれて、真如《しんにょ》と一体となった五百人の子どもたちに同情するのは、滑稽なことです。顚倒《てんとう》したことです。私たちの目にいかに映ろうとも彼らが生きる世界のほうが真実で、私たちの世界のほうが虚仮《こけ》なのです。彼らには生もなく、死もなく、楽もなく苦もなく、完全に満ち足りているのです』

ソフィアよ、こうしてあの実験ははじまった。わしは五百人の乳飲み子を〈真理の子どもたち〉とよんで、ねんごろに世話をさせた。毎日王族が食べるものと同じ料理を北の宮殿に運ばせた。乳児期には水牛や山羊の乳、ヨーグルト、乳粥《ちちがゆ》、長じてはチャパティと柔らかい肉の料理、ガンジス川の流域から運ばれる米、カシミールの果物……。

衣服は与えなかった。というより、腰布《こしぬの》にしてもよい綿布《めんぷ》を置いてみたが、彼らはいつまでも何の興味も示さなかった。彼らはみな一糸まとわぬ裸で、わしたちにはパンジャーブの冬は毛布が欲しいほどに寒いが、彼らは寒さを感じている様子もないのだ。羞恥心もなく、何かで陰部を隠すこともない。

わしは真理の子どもたちが死ぬことのないように、注意深く見守らせた。猛禽《もうきん》や毒蛇に襲われぬように、子どもたち同士の争いが激しくならぬように、コレラや赤痢にかからぬように……ことに清潔を保つために、乳飲み子のときから召使い女に命じて沐浴を欠かさなかったし、髪も短く切らせている」

「王さま、結果はナーガセーナ比丘の言うとおりになったのでしょうか？」

「そうだ、真理の子どもたちはいつまで経っても一語も言葉を創らなかった。密林に住む野蛮人たちの小鳥の囀《さえず》りのような声も、よく聴けばそれが言葉であることがわかる。インドには遠くパタンジャリに始まる文法学という学問がある。これはその文法学の受け売りだが、人間の言葉は音の単位が組み合わせられているのだ。それに対して、真理の子どもたちも声を発するが、人間の言葉とは思われない。一つ一つが全体で一個のまとまりであって、猿の叫び声と変わらないからだ。

彼らの頭のなかに諸物の表象がないことも察しがつく。われわれは実在が諸物の集まりだという先入見《せんにゅうけん》を持っているから、物の表象を名指すために言葉が創られると思う。しかし、事実は反対で、言葉があるゆえに表象が切り取られるのだ。この黄金《おうごん》の杯も、銀の杯も、陶器の杯も、大きな杯も、小さな杯も、杯という言葉で切り取られ、杯類の表象として見られるのだ。言葉で名指すことのできない表象などは存在しない。このテーブルも、栴檀香も、ブーゲンビリアも、そぼ降る雨も、表象という表象はみな言葉で切り取られるのだ。

ナーガセーナ比丘は正しい。われわれははじめから人間として生まれるのではなく、太古の昔から絶えることなく輪廻しているナーマ・ルーパのなかに産み落とされて、赤子のときにそれに呑みこまれて、知らず知らずのうちに人間になるのだ。真理の子どもたちが人間でないことは、彼らをひと目見ればわかる。ひと言で言えば、彼らは小屋の中に飼われている豚のようなもの……幼いときには、いくつかの小さな争いも起きたが、今ではそれすらない。猿のように群れを統率する者もいない。

ああ、しかしソフィアよ、わしは正直に自分の気持ちを述べよう。わしはあの真理の子どもたちの有りようを、『これでよし』と肯《うべな》うことができない。むしろわしは彼らの有りようを嫌悪している。ナーガセーナ比丘が言うように彼らの生きる世界のほうが真実で、彼らが完全に満ち足りているとしても……。

ソフィアよ、わしが言葉で説明するよりも自分の目で見るがよい。今からおまえを北の宮殿に連れていくことにしよう」

二

いつの間にか雨は止《や》んで、雲間から夏の太陽が顔を出していた。急に命じた外出であったが、王妃を連れたメナンドロス王の行列は物々しかった。王と王妃が乗る輿《こし》は、十六人の屈強な男たちが担ぐ二人乗りの輿で、その前後に馬に乗った百人の近衛兵が随行した。

純白のローブをまとったギリシャ人の王は、心のともなわぬ眼差しで雪を被《かぶ》ったカラコルムの山々を眺めていた。

「われわれが一喜一憂しているこの意味の世界が、虚妄分別《こもうふんべつ》された砂上の楼閣であることは、もはや疑うべくもない。だが、仏陀はこのうえに何を悟られたのか……わしが見ているこの事実は、安心《あんじん》というには程遠い……むしろどうしようもない愁いではないか」

王の思考はまた堂々巡りをはじめていた。

一方パンジャーブ風のゆったりしたズボンと、美しい胸の形を浮き上がらせている半袖のシャツの上に、豪華な瓔珞《ようらく》を下げた王妃は、赤子のときに別れた息子の姿をあれこれと想像していて、道中二人とも言葉を交わさなかった。

北の宮殿は深い堀と高い城壁で守られ、外側からは建物の屋根しか見えなかった。東に一つだけ城門があるが、そこは背丈の二倍もある長い槍と楯を持った衛兵たちに守られ、許可なく侵入できるものは空から飛来する小鳥たちのみであった。

宮殿には二つの大きな館があった。第一の館は城門に隣接しており、館を通り抜けなければ庭園にも出られぬ構造になっていた。そこには世話役の聾唖者たちが住んでいるだけでなく、彼らを監視する近衛兵や門番たちの詰め所があり、ときどき訪れる王のための居室も造られていた。この第一の館には食事を運ぶ者などさまざまな人間が出入りしたが、ここを通り抜けて奥を見た者はいなかった。

大勢の家来たちを城外に待たせ、アナンタカーヤだけをともなって王と王妃が城門を潜《くぐ》ったのは、ちょうど午後の食事が運ばれて聾唖者たちに渡されているところだった。大きな桶に入れられた米の飯と、軟らかい野豚の肉と豆の煮物を、聾唖者の男たちが荷車に乗せていた。彼らはそれを、庭園をはさんで反対側に建つ第二の館に運んでいった。

「ソフィアよ、この宮殿で言葉を話すことができるのは、この第一の館だけじゃ。奥の扉の外には〈真理の子どもたち〉がいるゆえ、扉を開けてからは何びとも言葉を発してはならぬ決まりじゃ」

周りを浮き彫りで飾った大きな扉を指さしてメナンドロス王が言った。

「彼らはきわめておとなしく危険ではありませんが、王妃さまのお姿をはじめて目にしますゆえ、あるいは何か騒動を起こすかもしれませぬ。このアナンタカーヤがお守りいたしますので、私のそばを離れませぬようお願いいたします」

とかたわらにいたアナンタカーヤが付け加えた。姉が王妃になってから、この弟は姉に対する打ち解けた言葉を捨てて、ひたすら忠実な家臣であろうとしていた。

「わかりました」

と応えたが、ソフィア王妃ははやる心を抑えられず、自ら扉を押し開けて庭園にとび出した。

だが、王妃の足は十歩も歩まぬうちに停止して立ちすくんだ。王の言葉から予想はしていたものの、それは驚くべき光景だった。マンゴー樹が林立している庭園のあちこちに、全裸の男女がいた。子犬のようにじゃれ合っている者たちがいた。体を合わせ、絡み合っている男女がいた。赤子を抱いている女がいた。多くの者たちはマンゴー樹の木陰でぼんやりと寝そべっていた。よく見れば、少なからぬ女たちが子をはらんで、腹を大きくしていた。

真理の子どもたちは十四、五歳の若者に成長し、みな輝くような肉体を持っていた。しかし若者たちの溌剌《はつらつ》さがなく、男も女も物憂《ものう》い動きで、無気力と思わせる光景だった。獣の群れとも違う、何か不思議な生きものを見ているようだった。

「ディオドトスはこのなかにいるのだわ」

王妃は自分を鼓舞《こぶ》するようにそうつぶやいて歩きはじめた。王が「人間ではない」と言った彼らが恐ろしいという気持ちもあったが、危険はなさそうだった。それでもはじめは緊張して近寄っていった。彼らは表情を変えることもなく、気のない眼差しを王妃に向けた。その目が彼らの内面を表わしていると彼女は思った。彼らはみな白痴《はくち》のように、霧がかかった世界を生きているに違いない。さまざまな宝石で飾った王妃の華やかな服装は、庭園を歩きまわっている孔雀《くじゃく》や極彩色《ごくさいしき》の小鳥たちと同じように、彼らの関心をひかなかった。

「ディオドトスはこのなかにいるのだわ。ディオドトスを探さなければ」

ソフィア王妃はつぎつぎに男の顔を覗きこみながら、赤子のときに別れた息子の姿を探して、蝶のように木々のあいだを進んでいった。ディオドトスに会えば母の直感でわかるはずだと彼女は信じた。長い棍棒を手にしたアナンタカーヤがその後を追った。棍棒を使う機会はあるまいと思っていたが、万が一の不祥事が起こることを弟は心配した。

と、そのとき第二の館のほうでガラン、ガラン、ガランと大きな鐘の音《おと》がした。〈真理の子どもたち〉は反射的にいっせいに起きあがり、のそのそと館に向かった。

鐘は食事の合図であった。第二の館のなかは二百畳もあろう広大なひと間で、巨大な屋根を支えるたくさんの柱が林のように立っていたが、調度品の類《たぐい》は何もない。平らな石を敷きつめたその広間の床に、バナナの葉の皿に盛られた料理が、あっちにもこっちにもたくさん並べられていた。真理の子どもたちが雑然と入ってきて、料理の前に坐りこみ、手づかみで食べはじめた。赤ん坊を抱いている女は、一か所に集められ、水牛の乳やヨーグルトが与えられた。そうした女は一人や二人ではなかった。真理の子どもたちには何十人もの赤子が生まれていた。

だれも先を争うことはない。奪い合うこともない。聾唖者の女がところどころに立っていて、料理はいつも十分に与えられるので、食いっぱぐれのないことはだれもが知っているのだった。

まるで幼児が食べるように、口元を汚《よご》し、辺りに飛び散らして、真理の子どもたちは彼の食欲が収まるまで食いつづけた。

だらしのない食事の後は、乱痴気騒ぎでもしたかのように汚《きたな》かった。腹を満たした彼らは、聾唖者の女に顔を拭いてもらい、入ってきたときと同じように、のそのそと館を出ていった。そしてある者はマンゴー林の日陰にゴロンと横になり、ある者は庭園のあちこちに建てられている小さな小屋に入っていった。それらの小屋は、いわば彼らの〈巣〉のようなものであった。風雨をしのぎ冬の寒さを避けるために用意されていた。真理の子どもたちは寒暖や乾湿に鈍感で、その必要はないようだったが、闇が近づくと彼らも狭い場所を好んだ。

ソフィア王妃は大広間に入ろうとしてアナンタカーヤに押しとどめられ、入口のそばに立って、息子の姿を探していた。すると、突然、

「ディオドトス！　あなたはディオドトスね！」

王妃が大声をあげ、入口を出ていく一人の男の腕をつかもうとした。男はびっくりして

「ウャワー、ウャワー」

と奇妙な叫び声をあげながら逃げだした。追いかけようとする王妃をアナンタカーヤが後ろから抱き止めた。

「もうよい。アナンタカーヤよ、自由に話させるがよい。おまえもそうしてよい。この

実験もそろそろ幕引きじゃ」

とすこし離れて王妃の様子を見ていたメナンドロス王が言った。

「王さま、あの男の子に間違いありません。あの面長の顔、高い鼻、意志の強そうな口元、王さまにそっくりではありませんか。あの男の子が、私たちの息子ディオドトスですわ」

アナンタカーヤの腕を振りほどいて、王妃が訴えた。

「ソフィアよ、あの男はディオドトスではない。あの男は人間ですらないのだ」

「何であってもかまいません。私が産んだ子を城に連れ帰り、私が人間として育てなおします。王さま、あの男の子を捕まえてください」

「それがかなうなら、わしは真理の子どもたちのすべてを、輪廻の流れのなかに連れ戻して人間にしたい。だが今となっては、それは無理なのだ。

ソフィアよ、わしはすでに試みているのだ。二年前、もはや真理の子どもたちは死ぬまで言葉を発明しないと確信して、わしはこの実験を終わりにしたいと考えた。真理の子どもたちの始末をどうつけるか、それが悩ましい問題であった。わしは試みに男女二人ずつを選び、この宮殿から孤児院に移して、今度は何とかして言葉を教えようとした。文法学者や通訳が教師となり、言葉の教育を行ったが、真理の子どもたちは一年経っても何ひとつ憶えなかった。いや正確に言えば十数個の単語を発音するようにはなった。

しかしそれはオウムの真似事と同じで、人間の言葉でないことは明らかだった。

わしは乳児院の保母たちに命じて真理の子どもの一人を赤子の集団のなかに混ぜ、赤子が言葉を習っていくように、一からやり直させてもみた。しかし結果は同じで、赤子のほうはつぎつぎに言葉を憶え、人間になっていったが、真理の子どもに変化はなかった。ソフィアよ、輪廻の流れからひとたび逸脱した者は、なぜか二度と戻れないらしいのだ」

「王さま、ディオドトスが神隠しに遇《あ》ってから、ただの一度もあの子のことを思わぬ日はありませんでした。朝の沐浴のときには、いつもあの子の無事と再会を神に祈ってきました。たとえディオドトスが廃人になっていようとも、この命のあるかぎりは、あの子をそばに置いて見守りとうございます」

「ソフィアよ、可哀想だがあの男はおまえの息子ディオドトスではない。ディオドトスは幼いときに池に落ちて死んでしまった。これは嘘ではない。わしとて自分の息子の行《ゆ》く末が心配でないことはなかった。それでわしは、ディオドトスの二の腕に小さなDの字の刺青《いれずみ》をさせ、どのように成長しようとも判別できるようにしたのだ。

ディオドトスは五歳のときに池に落ちて、溺れて死んでしまった。その子の腕にはたしかに刺青があった。そして、おまえがわしに似ているというあの男にはないはずじゃ。

ディオドトスを求めるあまり、おまえにはことさらに似て見えるだけじゃ」

「王妃さま、それは本当です。残念ながらディオドトス王子さまは、幼いときにお亡くなりになられました。亡骸《なきがら》はこの宮殿の片隅に、私が埋葬いたしました」

アナンタカーヤが付け加えた。

王妃はその場にひざまずいて、声をあげて泣き出した。アナンタカーヤは姉の両手をとり、肉親の情を込めて言った。

「姉上、姉上の悲しみはよくわかりますが、あきらめてください。いや、たとえあの男が王子さまだとしても、あの男を身近に置けば、姉上の悲しみが深まるばかりです。王さまが言われたように、あの男はもはや人間にはなれません。そればかりか、あの男は知力を失っただけでなく、動物の本能さえも失った奇妙な生きものです。赤子のときから彼らを観察してきた私にはよくわかります。姉上がご覧になったように、彼らにも食欲や性欲や生存欲がわずかに残っています。しかしそれは本能というにはあまりにも頼りのない、残り火のような小さな活力です。

たとえば、犬も猿も本能によって交わり、本能を頼りに子を産みますが、ここにいる若い女たちは自力では出産もできませんでした。最初に分娩《ぶんべん》した女は、私たちが放っておいたために、苦痛でのたうちまわり、気を失って赤子もろとも死んでしまいました。

それからは、聾唖者の女たちが出産を助けているのです。大王さまの前ですが、私の心を率直に申せば、私はこの実験を憎んでいます。大王さまとナーガセーナさま、世界に比類のない二人の賢者が企てられたことだから、何か深いわけがあるのだろう。そう自分に言い聞かせて努めてきましたが、この忌まわしい実験を憎む気持ちを捨てることができません」

と、最後の言葉は背後にいる王に向けられていた。王妃は弟の言葉には応えず、立ち上がるとメナンドロス王をにらんで言った。

「何を得るためにこんなむごい実験をしたのです。これが悟りなら、こんな悟りに何の意味があると言うのです」

「ソフィアよ、これからおまえをサンケーヤの僧坊に連れていこう。そこでナーガセーナ比丘《びく》に問うがよい。この実験を終わらせるために、わしもいくつか問いたいことがある。そうしなければ、わしの悩みも消えそうもないから……」

王は戸惑いを隠さずにそう言った。

三

雨安居《うあんご》の季節ゆえ、ナーガセーナ比丘《びく》はサンケーヤの僧坊にいるはずだった。僧坊はとある長者の寄進になるもので、サーラガ郊外のバニヤン樹の林のなかにあった。僧たちの臥坐所《がざ》のほかに、赤レンガで建てられた講堂や経行堂《きんひん》があった。臥坐所には遠く南インドからも、仏教僧たちが修行に来て泊まっていた。ナーガセーナは若いころからその学識を認められ、二十数年来この僧坊の長《ちょう》を勤めていた。

王の一行がサンケーヤの僧坊に着いたのは、夏の陽が沈んだころであった。使者が馬を駆《か》って来訪を告げていたので、数百人の僧たちが庭園に出て王の一行を出迎えた。巨大なバニヤン樹がならぶ庭園の中央に四阿《あずまや》があり、老いて白髪《はくはつ》となったナーガセーナ比丘が坐っていた。

メナンドロス王は剣《けん》と王冠をはずしてナーガセーナに近づくと、全身を地面につけて五体投地の礼をした。ソフィア王妃も、居並ぶ家来たちも、王の慇懃《いんぎん》な態度に驚いた。彼が平民なら、それは高僧に対する当然の礼ではあったが、尊大なメナンドロス王が他人に対してひれ伏すなど、今まで一度もなかったことであった。王はしばしば僧坊を訪ねて対論を重ねていくあいだに、ナーガセーナ比丘への尊敬の念を深めていた。

「尊者よ、突然の来訪をお許しください。あの実験について、私と妻はどうしても尊者にお尋ねしたいことがあるのです」

「大王よ、よくいらっしゃいました。夜はまだはじまったばかりで、私たちにはたくさんの時間があります。《多く眠るなかれ》と仏陀は説かれました。私たちは納得がいくまで話しあうべきです。大王と王妃は私の臥坐所にお越しください。大勢の聴衆がいないほうが、腹蔵《ふくぞう》なく話しあうことができましょう」

それから三人は修行僧と王の家来たちを庭園に残して、ナーガセーナの臥坐所に赴《おもむ》いた。狭い部屋に伽羅《きゃら》の香木が炷《た》いてあり、十三日の月明《げつめい》が東に面した小窓から部屋の奥まで射し入っていた。燭台《しょくだい》を運んできた若い伴僧《ばんそう》に下がるように命じると、ナーガセーナは襤褸布《ぼろぬの》を縫い合わせて作られた敷物を二人に勧め、

「大王よ、あなたのご来訪をお待ちしておりました。そろそろ実験の結果を判断するべきときでしょう」

と、老僧には不似合いのいくらか上ずった声で言った。

「尊者よ。あなたの言われたとおりになりました。ナーマ・ルーパは、遠い過去世《かこせ》から輪廻《りんね》するものであり、それが人間を作ります。われわれはもともと人間として生まれてくるのではなく、ナーマ・ルーパが宿って、言い換えれば輪廻の流れに呑みこまれて人

間になります。尊者ナーガセーナよ、あなたの言われたとおりです。あなたの論は実証されました」

老僧は満足そうに頷《うなず》いた。王はすこし間をおいてつづけた。

「ああしかし、私は真理の子どもたちの有りようを肯《うべな》うことができません。彼らはみな穏やかで、暴力で他者を従える者もありません。一見すれば平和で平等な集団ですが、私には無気力なだけのように見えます。

生まれて間もない赤子を母の手から引き離して、なおかつ生かしておくために、私は注意深く保護しました。十分な食べ物を与え、高い塀を廻《めぐ》らして外敵から守りました。それが仇《あだ》をなして、彼らの心は萎《しぼ》んでしまったようです。

考えてみれば、人も獣も、小さな虫でさえも、生きるために必死に動きまわります。雨も風も、太陽でさえも、しばしば怒り狂い、生きものを殺します。そして、あらゆる生きものの命の糧《かて》はほかの命であり、自然の猛威を運よく避けても、無数の敵が生きものを殺します。その世の中で、命という命が、生きたいという願望を持っている。食べ物を得るために活動しない命はありませんし、危険と戦わぬ命もありません。ところが、あの真理の子どもたちは、その両方ともしなくてよいゆえに、彼らには生きたいという切なる願望もないのです。

尊者よ、獣は本能を頼りに生き、人間は輪廻の流れを頼りに生きます。あの真理の子どもたちは本能も輪廻も二つとも奪われて、自ら生きる力を失ってしまったのです。尊者ナーガセーナよ、あなたは彼らのほうが真実の世界を生きていると言われました。完全に満ち足りていると言われました。しかし私には、弱々しく感情のとぼしい裸の猿に見えます。率直に言えば私はあの裸の猿たちを嫌悪《けんお》しています。

あれが悟りの世界なのですか。あれが悟りならば、私は悟りを望みません。われわれの世界が虚妄分別《こもうふんべつ》されたものであっても、私は喜びも悲しみも豊かなこの人間の世界のほうを好みます」

ソフィヤ王妃が深く頷《うなず》いた。しかし、ナーガセーナは王の言葉に驚いた様子もなく、あらかじめ予想していたかのように、相手を哀れむような目を向けて静かに言った。

「大王よ、あなたは誤解をしています。私は輪廻とは何かを実証する方法を、あなたにお話したのであって、悟りとは何かを実証しようとしたのではありません。

古《いにしえ》から輪廻の永遠性に気づいた修行者が、その体験を悟りと思いこむ誤解が繰りかえされました。しかし仏陀は菩提樹《ぼだいじゅ》の下で悟りを開いたときに、《わが解脱《げだつ》は不動である。これが最後の生である。もはや再生することはない》と宣言されました。明らかに、輪廻の流れに呑みこまれていた自分が、それから解放されたと宣言しているのです。

大王よ、あなたは今〈喜びも悲しみも豊かな人間の世界〉と言いましたが、仏陀はこの輪廻の世界を《一切皆苦《いっさいかいく》》と言われました。それは何故《なにゆえ》でしょうか？

仏陀の言われる苦は楽しみの反対語の苦しみではありません。楽しみもまた苦しみの一部と言ってもよいような事柄なのです。一切皆苦の苦とは収まることのない不満であり、渇望です。

輪廻の世界、ナーマ・ルーパの世界は、それぞれの人間がその中心にあって、己れの視座から己れのために分別《ふんべつ》する世界です。それゆえ、我欲に色づけられて分別される世界です。その我欲に限りがなく、私たちがどんな状態であっても不満足であることを、仏陀は《一切皆苦》と言われたのです。たとえば奴隷の重労働を強いられている者は、涼しい風に吹かれるつかの間の休息を渇望しますが、地上の快楽を味わい尽くしている国王も、けっして満足することなく、さらなる渇望に捉えられてしまいます。

そして、私は先ほど輪廻の永遠性と言いましたが、正確に言えば輪廻は永遠ではありません。あなたが真理の子どもとよぶ彼らが、輪廻の流れを断ったように、条件が集まらなければ連続しないのです。私たちが繰りかえし条件を生み出しているので、何劫《なんこう》ものあいだ、今もえんえんとつづいているだけです。真《しん》に永遠なるものは、仏陀が悟られた真如《しんにょ》のほうです。

仏陀の悟りは目覚めることです。輪廻に呑みこまれて生きている者が、分別の眼差しに隠されている真実の世界に気づくことです。

あなたが観察した真理の子どもたちは、あなたの分別の眼差しに現れる風景であって、覚者《かくしゃ》の眼差しに現れる風景ではありません。そして、真理の子どもたちははじめから真如の世界を生きていますが、それゆえに目覚めもありません。それは、あらゆる獣や虫がはじめから真如の世界を生きているのと同じです。人間だけに迷いがあり悟りがあるのです」

そう言ってナーガセーナはメナンドロス王の言葉を待った。王は発言を躊躇《ちゅうちょ》している風で、ちらりと王妃を見やってから意を決したように話しだした。

「尊者ナーガセーナよ、王は法律を創造し、刑罰を創造します。そしてそれを厳正に執行することによって社会の秩序を創造するのです。ひと言で言えば、この弱肉強食の世界で、彼の国民が平和に安穏《あんのん》に生きるためです。

王の役割を果たすためには強靭《きょうじん》な精神が必要です。弱気になって、その法律が正しいのかとすこしでも疑念を抱けば、王はその役割を引き受けることができません。

〈私の課す秩序は神々の意思である。私は神々の代理を務めるのだ〉――私はかつてそう考えて、王だけが持つこの不安を乗り越えてきました。しかし、あなたに教えられたあの実験によって、この世界のすべての秩序は神々が定められたのではなく、太古の昔から人間がすこしずつ創りあげてきたもの、輪廻してきたもの、つまり砂上の楼閣であることが明らかになりました。もちろん一人一人の王が勝手気儘《きまま》に法を定め刑罰を科すのではなく、輪廻の流れに強制されて必然として定めるのですが、その歴史の全体は偶然で恣意的《しいてき》です。

それがわかった今、私は王であることが辛《つら》い。ああ、しかし尊者よ、一方ではあの裸の猿たちの無気力なさまを私は肯《うべな》うことができません。私の心は引き裂かれています」

ソフィア王妃が驚いて王を見つめたが、ナーガセーナは王の動揺も知っていたかのように、表情を変えずに言った。

「大王よ、仏陀は菩提樹の下で真如の世界に悟入《ごにゅう》されてのち、そのまま死ぬこともできたのです。しかし仏陀は、輪廻に呑みこまれている私たちを哀れみ、教師としてふたたびこの迷いの世界に戻ってこられました。そのように、偉大なる王は真実を知った後で、欲望の炎に焼かれて争いあう人々を哀れみ、法律を定め、刑罰を定め、世間に秩序を作ります。

しかし大王よ、あなたの愁《うれ》いは、ただ偉大なる王たらんと決意するだけでは晴れますまい。あなたご自身のために忠告いたしますが、肝心なのは真如に目覚めることです。

深い瞑想状態のなかで目覚めることです。それは実験によって類推し信じることとは、似て非なることなのです。

大王よ、仏陀が悟りを開いて間もないころ、ヤサという大富豪の子が、仏陀の教えを聞いて出家《しゅっけ》を願ったことがございます。ヤサの母親がそれを悲しみ、父親が息子の出家を止《と》めに来ました。その父親に仏陀はこう言っています。《真理をほんのすこしかいま見たヤサは、世俗の生活への執着《しゅうじゃく》がなくなった。ヤサは世俗の生活に戻って、これまで家にいたときと同じように、もろもろの欲望を享受することはできないのである》と」

「そのとおりだ」とメナンドロス王は思った。「人がいかにして人間になるかを知り、世界の色合いが一変してしまった今となっては、いかに王たらんと決意しても、かつてのように断固として振る舞うことはできまい。この愁いを晴らすには、仏陀の悟りを得なければならぬ」

それを目線で伝えようとして、王はナーガセーナを見つめた。自信に満ちた男と思っていたのに、そこにどこか悲しげなナーガセーナの目があった。

二人の対話が途切れて重苦しい沈黙が生まれた。王妃が遠慮がちに割りこんだ。

「ナーガセーナさま、真理の子どもたちはこの先どうなるのでしょう。はじめ私は、彼らは太古の人間に戻ったのかと考えましたが、そうではなさそうです。太古の人間も言葉を持たず、猿の群れのように生きていたのでしょう。そして何劫《なんこう》もの時間をかけて、すこしずつ人間の言葉と形あるものの世界を創ってきたのでしょう。しかし太古の人間たちは自分の力で生きています。

真理の子どもたちは、過保護な猿です。彼らを野に放てば、おそらく一人残らず猛獣の餌食《えじき》になってしまうでしょう。しかし今のままでは子どもが増え、過保護な猿が増えるばかりです」

「王妃のご心配はわかりますが、無用です。実験を止《や》めたければいつでもお止めなさい。大王よ、王妃よ、彼らには生もなく、したがって死もありません。なぜなら彼らには自我というものがないからです。人間だけが言語によって自らを世界から切り離し、自我を生じ、〈私〉の生を生じ、〈私〉の死を生じるのです。彼らの命は一如《いちにょ》なる世界と切り離されていないのです」

「尊者よ、それは、彼らを抹殺せよと言われるのですか？」

「大王よ、武人《クシャトリヤ》は領土を広げるために、自我意識を持つ、つまり死を恐れる人々まで殺すではありませんか。それに比べて、これは殺人ですらありません。大王よ、あなたは豚を殺させて豚肉を食べるではありませんか。これはそれと同じです」

「尊者ナーガセーナよ、仏陀はいっさいの有情《うじょう》への慈悲を説かれるのではありませんか。仏者のあなたが何の動揺もなく、落ち着きはらって、そのような非情なことを言われるとは……」

メナンドロス王は声を詰まらせてナーガセーナを睨《にら》んだ。王はたくましい戦士の腕を震わせて、感情を抑えようとしていた。

「大王よ、あなたはまた誤解をしています。仏陀の慈悲はナーマ・ルーパの世界で人間が抱く同情心ではありません。人間の同情心は自らの死を恐れる心とつながっています。自らの死を恐れるゆえに、他者の死も遠ざけようと思うのです。しかるに仏陀の大慈悲《だいじひ》は、自他の区別のない不生不滅《ふしょうふめつ》の世界で持たれるものなのです。特定の情緒に由来する心ではなく、悟りの知恵の結果として、おのずから持たれる心なのです。

あの裸の猿たちの、ネズミ算式に増えていく子孫を、永久に世話しつづけることはできないのですから、私はまさにあなたのために、始末をして軛《くびき》から逃れよと言ったのです」

「ナーガセーナさま、この人間の世界から五百人の乳飲み子がさらわれて、輪廻の世界から放り出されてしまいましたが、私は彼らの子どもたちを人間の世界にさらってきて、輪廻の流れに乗せたいと思います」

「けっこうです。王妃よ、けっこうです。彼らの子どもたちを人間にして、願わくば悟りへの道を歩ませてください」

そう言ってナーガセーナは立ちあがり、かたわらの香炉のなかに香木を継ぎ足した。そしてメナンドロス王のほうに向きなおり、

「大王よ、あなたにお願いがございます」

と言った。

「赤子のときにナーマ・ルーパに呑みこまれてしまう私たちは、その流れの外に立って真実を見ることは実に困難です。仏道を志して出家した多くの比丘《びく》や比丘尼《びくに》が、何十年も僧伽《サンガ》で修行しながら、ナーマ・ルーパの世界を超えられないでいます。私は未来永劫《えいごう》にガンジス川の砂の数ほども生まれるであろう人間たちに、ナーマ・ルーパの外があることを知らせようとして、この実験を思いつきました。

しかし大王よ、正直に申しあげますが、私にひとつの誤算がありました。……年を経るごとにあなたの愁いが深くなっていくのがわかりました。一如の世界は至福の世界なのに、あなたほどの賢者が深い虚無の落とし穴に陥ってしまうのは、どうしてか？　それは知において輪廻の外を理解しても、情においては輪廻の内にとどまっているからです。

アナンタカーヤ殿や近衛兵たちは、この実験の全体をおぞましいものとしか感じられ

ないようです。アナンタカーヤ殿は私を訪ねてきて、『あの実験はたくさんの人々を不幸にして、だれも幸せにしない』と非難したことがございます。彼はとりわけ、大王よ、快活な王であったあなたを、陰気な人間に変えてしまったことを憤《いきどお》っているのです。

私は自分の思いつきに魅了されて、増上慢《ぞうじょうまん》になっていました。仏陀が示されたように、悟りへの道に近道はなく、俗世間の誘惑から遠ざかり、独り静かに瞑想するほかにないことがよくわかりました。私は、結局あの乳飲み子たちの肉親に、無用な悲しみをつくっただけでした。実験に関わった人々に、愁いや怒りを生んだだけでした。

大王よ、お願いです。この実験はどうか私たちだけの秘密にして、永久に封印してください。後世の人間が同じ過《あやま》ちを犯さないように、いっさいの手掛かりをなくしてください。どうか身勝手な言い分だと思わないでください。私は私自身のやり方で、この愚かな思いつきの責任をとる所存です」

そう言ってナーガセーナ比丘は王に向かって合掌した。王は比丘の求めが何を意味するのか了解したが、すぐに決断することができずに、眼を閉じて沈黙した。

狭い部屋に、ふたたび重い空気が漂った。今度はソフィア王妃もそれを破ろうとはしなかった。しばらくして、王が眼を開くと、月光に照らされたナーガセーナの青白い顔が、悲しみを湛《たた》えて王の承諾を待っていた。口元はかすかに苦笑しているようにも見えた。王は言った。

「尊者よ、よくわかりました。仰せのとおりにいたしましょう。彼らの赤子を人間の世界に連れ戻したら、私は暴君になって、真理の子どもたちもろとも、北の宮殿を消し去ることにいたしましょう。そしてこの実験が後世に伝わらぬよう、事情を知る者の口を塞《ふさ》ぎましょう」

ナーガセーナは黙ったままふたたび合掌して頭《こうべ》を垂れた。メナンドロス王もまた比丘に向かって合掌し、彼の周りを右回りに回って部屋を出ていった。

こうしてメナンドロス王の長い一日は終わった。

■

〈付記〉

言わずもがなのことと思われるが、その後の出来事について概略を記しておく。

赤子を引き離して乳児院に移すと、メナンドロス王は〈真理の子どもたち〉を第二の館に閉じ込め、北の宮殿に火を放ってすべてを焼き尽くしてしまった。聾唖者の召使いたちは解放した。彼らから実験の目的や内容が漏れ伝わる心配はなかった。しかし誘拐と監視に関わった近衛兵や、真理の子どもたちの言語教育に携《たずさ》わった文法学者などの口を塞ぐ必要があった。王はすでに箝口令《かんこうれい》をしいていたが、関係者を一堂に集めて念を押した。そして、彼らの目の前で「命令に背く者があれば、理由を問わず処刑せよ」とアナンタカーヤに命じた。大王の断固とした口調に、彼らは震えあがった。そのアナンタカーヤが秘密を漏らす可能性は、ソフィア王妃や王自身が漏らす可能性よりもさらに少ないと思われた。もっとも、たとえだれかの口から実験の外観が公《おおやけ》にされたとしても、世間の人々はその意図をはかり知れず、暴君の気違いじみた悪戯《いたずら》と考えたであろう。

実験のいっさいの始末をつけた後、メナンドロス王は王位を若干二十一歳の太子に譲り、仏陀の悟りを求めて出家した。ソフィア王妃の予感が現実になったのである。剃髪《ていはつ》した王はすぐさまサンケーヤの僧坊を訪ねて、ナーガセーナ比丘の教えを請わんとしたが、そこに彼の姿はなかった。ナーガセーナは王と最後の対話をしてからすぐに死に至る断食《だんじき》をはじめ、すでに完全なる涅槃《ねはん》に入っていた。

王はナーガセーナの伴僧《ばんそう》だった比丘から一通の手紙を渡された。

「王さまが剃髪して訪ねて来たときには、これをお渡しするように、と仰せつかっておりました」と彼は言った。

――大王よ、あなたが再び来られるであろうと、予想しておりました。仏陀が説かれた修行の道において、まずなし難いことは出家することです。ことに大王の場合は、絶大なる権力を捨て、あの美しい王妃さまを捨てなければならないのですから、ほかの人々にもましてなし難いことでありましょう。

王妃さまやアナンタカーヤ殿の悲しみが目に見えるようですが、大王よ、あなたの出家については、私は何のためらいもなく、無上の喜びであると申しあげます。この世に生をうけた者にとって、仏陀が悟られた真実を知ること以上の大事はないのですから。

大王よ、あなたがこの手紙を読まれるとき、私はもうこの世におりませんが、あなたの修行の道に私の助言など必要ありません。あなたはすでに輪廻とは何かを知り、輪廻の外があることを知られました。ナーマ・ルーパの世界の外があることを知られました。修行の道に立ちふさがるもっとも大きな関門を超えられたのですから……。残るは、出家者の暮らしのなかで、あなたの五感を鍛えるだけです。大王よ、仏陀が説かれた聖なる八支の道が、あなたを導いてくれるでしょう。

大王よ、私の体験からひとつだけあなたに助言しておきましょう。修行の道とは、祖先たちの業の積み重ねによって作られてきたあまたの固定観念を、ひとつひとつ消し去っていくことですが、途中にさまざまな落とし穴が待ち受けています。おそらく最大の落とし穴は、仏陀の教えそのものに取著《しゅじゃく》することです。

大王よ、仏陀は死期の迫った最後の旅のときに、立ち寄られた村や町で、「パータリ村は楽しい。ヴェーサーリーは楽しい」と言われました。「この世界は美しいものだし、人間の命は甘美なものだ」と言われました。人間の分別によって出現するナーマ・ルーパの世界を、虚妄分別の世界と断じられた仏陀は、同時にその世界を愛しく思われていたのです。このことを肝に銘じて忘れなければ、あなたがその落とし穴に陥ることはないでしょう。

最後に、大王よ、私の死を悲しまないでください。仏陀が繰りかえし説かれたように、ナーマ・ルーパの世界では、すべてのものは時間のなかにあり、劣化してやがて滅びるのですから。大王よ、死とはナーマ・ルーパの世界を捨てて、永遠なる一如の世界と一体となることなのですから――。

サンケーヤの僧坊を去ったメナンドロス王の、その後についてはよくわかっていない。王は八支の道に精進し、久しからずして阿羅漢の悟りを得たと伝えられている。

紀元前二世紀に行われたメナンドロス王とナーガセーナ比丘との対論は、『ミリンダ王問経《もんきょう》』という経典となって後世に伝わったが、この壮大な実験に触れていないのは言うまでもない。

筧次郎●かけい・じろう

昭和二十二年、茨城県水戸市生まれ。百姓、哲学者。京都大学卒業後、パリ第一・第三大学で哲学・言語学を学ぶ。花園大学講師を経て、自らの思想を実践するために、昭和五十八年より筑波山麓で百姓暮らしを始める。平成十四年、スワラジ学園の設立に参加し、平成十八年まで学園長を務め、現在は、提携組織「スワデシの会」を運営。

著書に『死を超えるということ』『ことばのニルヴァーナ』『百姓暮らしの思想』『自立社会への道』ほか、共著に『百姓入門』など。

「工業社会の諸問題」や「百姓暮らしの意義」をテーマに、また、自身の原点である「仏教思想」や「ガンジーの思想」などについて、講演も多数行っている。

重《じゅう》助《すけ》菩《ぼ》薩《さつ》　短編小説集

二〇一七年五月一〇日　初版発行

著　者　筧《かけい》　次郎《じろう》
発行者　増田　圭一郎
発行所　株式会社　地《ぢ》湧《ゆう》社
〒一〇一－〇〇四四　東京都千代田区鍛冶町二丁目五－九
電　話　〇三－三二五八－一二五一
ＦＡＸ　〇三－三二五八－七五六四
URL　http://www.jiyusha.co.jp/kaisha.html

編　集　二又　和仁
装丁・画　保坂　一彦
組　版　ＧＡＬＬＡＰ
印　刷　中央精版印刷株式会社

ISBN978-4-88503-241-7　C0093

びんぼう神様さま

高草洋子著

松吉の家にびんぼう神が住みつき、家はみるみる貧しくなっていく。ところが松吉は嘆くどころか神棚を作りびんぼう神を拝み始めた――。現代に欠けている大切な問いとその答えが詰まった物語。

四六変型上製

半ケツとゴミ拾い

荒川祐二著

夢も希望も自信もない20歳の著者が「自分を変えたい」という思いで、毎朝6時から新宿駅東口の掃除を始めた。嫌がらせにあい、やめたいと思ったときホームレスと出会い、人生が変わりだす。

四六判並製

わらのごはん

船越康弘・船越かおり著

自然食料理で人気の民宿「わら」の玄米穀菜食を中心とした「重ね煮」レシピ集。オールカラーの美しい写真とわかりやすい作り方に心温まるメッセージを添えて、真に豊かな食のあり方を提案する。

B5判並製

いのちのために、いのちをかけよ

吉村正著

産科医として50年あまりにわたり自然出産を見つづけてきた著者が、現代の医学や経済の問題点を根本から指摘し、感性的認識を取り戻して自然に生きることの大切さを、ユーモアをまじえて説く。

四六判上製

アルケミスト

夢を旅した少年

パウロ・コエーリョ著／山川紘矢・亜希子訳

スペインの羊飼いの少年が、夢で見た宝物を探してエジプトへ渡り、砂漠で錬金術師の弟子となる。宝探しの旅はいつしか自己探究の旅となって……。ブラジル生まれのスピリチュアル・ノベルの名作。

四六判上製

共鳴力
ダイバーシティが生み出す新得共働学舎の奇跡
宮嶋望著

北海道新得町で、心身に障がいをもつ人たちを含む人たちと共に、酪農を中心としたコミュニティを主宰する著者。人と人、人と自然が互いに共鳴し合い、すべてを排除せずに共存する場がある。

四六判並製

ガンジー・自立の思想
自分の手で紡ぐ未来
M・K・ガンジー著／田畑　健編／片山佳代子訳

近代文明の正体を見抜き真の豊かさを論じた独特の文明論をはじめ、チャルカ（糸車）の思想、手織布の経済学など、ガンジーの生き方の根幹をなす思想とその実現への具体的プログラムを編む。

四六判並製

母の時代
深い智慧に生きるために
和田重正著

教育をはじめ、あらゆる人的環境で起こる不気味な乱調—男性主導の知的社会では軽視されてきた母なるものの特性、すなわち人間存在の真実の姿を自覚した人たちこそが現代の危機を打開する。

四六判並製

牛が拓く牧場
自然と人の共存・斎藤式蹄耕法
斎藤晶著

機械を使わず、除草もせず、あるときは種もまかない自然まかせの牧場。北海道の山奥で生まれた、自然の環境に溶け込んだ牧場経営を通じて、未来の人と自然と農業のあり方を展望する。

四六判上製

木とつきあう智恵
エルヴィン・トーマ著／宮下智恵子訳

新月の直前に伐った木は腐りにくく、くるいがないので化学物質づけにする必要がない。伝統的な智恵を生かす自然の摂理にそった木とのつきあい方を説くと共に、新月の木の加工・活用法を解説。

四六判上製